男ふたりで12ヶ月おやつ

Michiru Fushino
椹野道流

プランタン出版

目次

※本作品の内容はすべてフィクションです。

四月

「ぬおおおおぉぉ……」

まるで少年マンガの主人公みたいな声が、無意識のうちに出てしまっていた。

たーん！　と勢いよく、それでいてピアニストが最後の一音を弾くときのような勿体《もったい》ぶった仕草でキーボードのエンターキーを押し、その手をゆっくりテーブルの上に下ろしながら、僕は細く長く息を吐いた。

「やった」

今度は、ちゃんと日本語が零《こぼ》れる。

「できた！」

さらに、ちょっと元気のいい一言も。

ここ十日近く、四苦八苦なんて合わせて十二にしかならないどころの騒ぎでなく、九十八苦くらいのレベルで苦労していた小説の原稿が、やっと書き上がったのだ。

小説といっても、本一冊になるようなボリュームではなく、雑誌用の短編である。

どうやら、どこかの大御所小説家が雑誌の原稿を落としたらしく、その穴を埋めるべく、

急遽《きゅうきょ》、僕にお声がかかった。

正直、僕のレベルではまだ原稿を依頼してもらえるはずもない格の高い雑誌だ。光栄だわ緊張するわでガチガチになってしまって、いつも以上に筆が進まなかった。

同居人である先輩に泣き言を言ったり、担当編集氏に相談したりしながら、原稿用紙にして八十枚ほどの読み切り短編を、どうにかこうにか完成させた。

といっても、このまますぐに提出できるわけではなく、まずはプリントアウトして、それを何度も読み返し、手を入れて、きちんと整えていく作業が必要だけれど。

そう、僕、白石真生《しらいしまなぶ》の今の職業は、小説家だ。

ペンネームは持たず、本名で本を出している。

悲しいかな、まったく売れっ子ではないけれど、デビューした出版社で、どうにか仕事の依頼を貰《もら》い続けている……そんな立ち位置だ。

昨年の春、作家生活初の大スランプに陥り、しかも同じ時期に建て替えを理由にアパートを追い出された僕は、気分転換のつもりで生まれ故郷の関西に戻ってきた。

とはいえ、息子が作家になることに大反対だった両親とは、事実上の絶縁状態になっている。仕事に行き詰まったからといって、おめおめと実家に帰るわけにはいかない。

そこで僕は、迷うことなく高校時代のアーチェリー部の上級生、遠峯朔《とおみねさく》先輩の家に転がり込んだ。

「何《なん》ぞあったら、いつでも言うてこい」

高校の卒業式の日、遠峯先輩が言ってくれた言葉を思いきり真に受けたのだ。

十三年間、電話すらしなかった不義理な後輩の暴挙に、面倒見のよかった先輩もさすがに呆《あき》れ顔になったけれど、それでも僕を快く（もしかしたら、少しくらいはしぶしぶだったかもしれない）自宅に置いてくれた。

だから僕はそれ以来、先輩の家にどっかり居着いている。何故《なぜ》なら、死ぬほど快適だからだ。

先輩の家は、兵庫県芦屋市宮塚町《ひょうごけんあしやしみやづかちょう》にある。

芦屋は、オシャレなことで有名な神戸《こうべ》市の隣にある、いわゆるリッチ＆フェイマスな人たちが住む街……だとテレビは言うし、僕も、実際に住んでみるまではそう思っていた。

確かに道を走る外車率の高さはなかなかのものだし、見るからにお金持ちそうな人たちも見かけるけれど、決してそれだけではない気がする。

少なくとも先輩と僕が暮らしている辺りは、ちょっと下町感のある、すこぶる暮らしやすい庶民的なエリアだ。

近所の人たちは、けっこう適当な服装でそのへんを歩いているし、気楽に食事ができる店や昔ながらの小さな専門店なんかも、少し歩けばたくさんある。

あと、芦屋は、地理的要素がなかなか面白い。

まず、北には六甲山《ろっこうさん》、南には大阪湾《おおさか》があって、両者の距離は驚くほど近い。

正直、ここに来てから、方角を間違えることが一切なくなった。山が見えたらそっちが北、海が見えたらそっちが南だ。山に分け入ってしまうと話は別だろうが、街中にいる限り、この法則は決して崩れない。

おまけに、面白いくらい東西方向に向かってほぼ平行に、三本も電車が走っている。いちばん山側が阪急《はんきゅう》電鉄、真ん中がＪＲ、そして海側が阪神《はんしん》電車だ。

さらに、ＪＲと阪神の間には国道二号線、阪神の南側には国道四十三号線が走っていて、四十三号線沿いには、阪神高速の高架道路も見える。

とにかく、自分が今いる場所を把握するのがこんなに簡単な街は、生まれて初めてだ。

おかげで、驚くほどスムーズに、僕は芦屋という街に馴染《なじ》むことができた。

それに、かつて先輩のお祖母《ばあ》さんが暮らしていたこの小さくて古い家にも、僕はたった一年で、昔からここにいたみたいな深い愛着を抱いている。

先輩は眼科医で、電車で数駅の距離にあるＮ医大付属の総合病院に勤めている。

先輩がいない日中、僕は執筆の傍《かたわ》ら、家事もする。だから、家のことには、もはや先輩よりもずっと詳しいのだ。

別に、先輩から、家に置いてやる代わりに家事をしろと言われたわけじゃない。

後輩価格にも程がある金額だということは自覚しているものの、ちゃんと家賃だって入れている。

でも、僕は家にいる時間が長いから、自分の仕事の合間にあれこれやれる。男所帯の家事なんてそう大変ではないし、ちょくちょく身体を動かせるのもありがたい。

歩いて買い物に行くと、その道すがら、色んなものを見たり聞いたり、匂いを嗅いだりする。

そんなささやかな経験から降ってくるアイデアも少なくないのだと、この街に来てから気付いた。

そんなわけで、今の僕は、主夫兼小説家という生活を送っている。

ピーッ！　ピーッ！　ピーッ！

小説が書き上がった喜びに浸る間もなく、洗濯機が、仕事が終わったぞと僕を呼んだ。

「あーはいはい」

律儀に機械に返事をして、僕は立ち上がりながらマウスを操作し、書き上がったばかりの原稿にしっかりと保存をかけた。

これを怠ったばかりに悲惨な目に遭ったことがあるので、データの保存に関しては、ついナーヴァスになってしまう。

この話をしたとき、遠峯先輩は滅茶苦茶《めちゃくちゃ》笑っていたけれど、誰が、宅配便を取りに出た一分かそこいらの間に、パソコンが煙を噴き上げるなんて想像するだろう。

どうも原因はパソコンの中に溜《た》まった埃《ほこり》だったようなので、大元をただせば僕が悪い。でも、何も〆切当日の昼過ぎに、そんな大惨事にならなくてもよさそうなものだ。

とにかく、席を離れるときには必ず、データをクラウドとメモリースティックの両方に保存する。そのルールを今日も守り、僕は洗濯物を回収して庭に干すべく、ダイニングルームを離れた。


東京《とうきょう》で暮らしていたアパートは、ベランダに洗濯物を干してはいけないルールだった。そうでなくても、交通量の多い道路が目の前にあったから、外に干したりしたら、せっかく洗った服が真っ黒になったことだろう。

だから、ここに来て、庭先に物干し竿《ざお》を見つけたときには凄《すご》くビックリしたし、初めてそこに洗濯物を干したときには、昭和《しょうわ》のお母さんになったみたいな気がした。

「うーん、いい天気だ」

洗濯物を入れた大きなバスケットを抱え、和室の縁側から、踏み石の上に置いたサンダルをつっかけて庭に降りると、柔らかな風が頬《ほお》を撫《な》でた。

春だ。

四月に入ったから当たり前といえばそうだけれど、完膚なきまでに春が来ている。

僕は物干し竿のそばにバスケットを置き、両手を広げて深呼吸した。軽くのけぞった体

勢のまま、視線を空に向ける。

夏ほどきっぱりしていない、どこかふわっとした色合いの青空には、白くて小さくてこんもりした雲が、はぐれ羊みたいにところどころに浮かんでいる。

「春だなあ」

頭の中で思うだけでは飽き足らず、僕はそう呟《つぶや》いてみた。

声に苦い響きがあるのは、気のせいじゃない。

春なのに。

せっかく春が来たのに、僕ときたら、今年は満開の桜をミスってしまった。

さっきまで書いていた原稿が死ぬほど難航したせいで、この一週間あまり、僕はまったく外出しなかった。

屋外に出るのは、こうして洗濯物を干しに行くときや、郵便物や宅配便を受け取るときだけ。

あとはずっと、家の中で一階と二階を往復するだけの日々を過ごしていた。

先輩は不思議そうな顔をして、「座っとってもはかどらんのやったら、出掛けたらええやないか」と何度か言った。

まったくもってそのとおりだし、普段なら、気分転換を言い訳に、外へ繰り出したかもしれない。

でも、今回ばかりはそういう気持ちになれなかった。

外に出たら、街のそこここで桜が咲いていて、うららかな陽射《ひざ》しの中、僕はきっとお花見気分になってしまう。

担当編集さんにはジリジリした気持ちで原稿を待って貰っておきながら、僕がそんな浮ついたことをしていいはずがないのだ。

僕の原稿の上がりが遅くなったせいで、編集さんは楽しい気持ちでお花見に行けないかもしれない。僕の知らないところで、友だちや家族との大事な予定をキャンセルしているかもしれない。

そう思ったら、完成まで意地でも外に出てはいけないような気持ちになって、久々に徹底的な籠城戦を展開してしまった。

時折、庭のまだひょろりとした桜にまばらについた花を眺めたけれど、あとはほとんど……家事と、削《けず》りまくった睡眠時間、それに食事の時間以外は、ずっとノートパソコンの画面を睨《にら》んでいた。

原稿が書き上がるまで、楽しいことは何ひとつしてはいけない。

そんな、誰も望んでいない縛りを勝手に自分に掛けて、闇雲に自分を追い込んで、どうにかゴールにたどり着いた。

「一応、最後まで書けたから、まあいいんだけどさ」

ひとりごちつつ、僕は物干し竿をざっと拭いて、まずはタオル類を干し始めた。

男のふたり暮らしなので、洗濯物はそれほど出ない。洗濯機を回すのは、せいぜい週に二、三度くらいだ。

(やっぱり、惜しいことをしたな)

バスタオルを物干し竿に引っかけ、裾を揃《そろ》えてパンパンと皺《しわ》を伸ばしながら、心の中で呟く。

先輩には「桜は来年また見ればいいですけど、原稿がちゃんと書けないと、来年の今頃は無職になってるかもしれないですから」と言ったし、それは本当だ。

でも、立て続けの災害や異常気象を見ると、毎年、桜がちゃんと咲き、僕らが無事にそれを楽しむことができるとは限らないんじゃないだろうか。

ああ、何だかとても残念な、虚《むな》しい気持ちになってきた。

せっかく原稿が仕上がって解放的な気分になりかけていたのに、この大きすぎる「やらかした感」は何なんだ。

いくら悔やんでも、もう今年の桜は終了してしまったんだから仕方がない。

前向きにいこう。来年は、ちゃんとお花見ができるスケジュールで働こう。

気持ちを切り替えようと思ったけれど、なかなか上手《うま》くいかない。

せっかくの陽気なのに、僕はどこか塞《ふさ》いだ気持ちのまま洗濯物を干し終え、スゴスゴと家に入ったのだった。

「うーん、チェックは、もうちょっと時間を置いてからやりたいし、打ち出しだけしておこうかな」

僕は、自分の部屋から小さなプリンターを持ってきて、ダイニングテーブルの上に置いた。用紙をセットして、さっき書き上げたばかりの原稿を印刷し始める。

このプリンターは、こちらへ来てから、JR大阪駅近くの家電量販店で買ったものだ。

先輩は、僕がダイニングテーブルで仕事をすることについては何とも思っていないようだけれど、食事をする場所に、仕事道具をあれもこれもと持ち込むのは気が引ける。

ほぼ毎日使うノートパソコン以外のものは、二階の自分の部屋からその都度持ってくることにしているのだ。

かーこん、かーこん、と独特の音を立ててのんびり一枚ずつ印刷してくれるプリンターの仕事ぶりを横目に見ながら、僕はテーブルのあちこちに広げた資料を片付け、一山に積み直した。

それから、一息入れようと、間続きのキッチンでお茶を煎れた。

遠峯先輩は、飲食物にさほどこだわらないといつも言う。でも僕から見れば、物凄《ものすご》く限局的にこだわる人だし、結構なグルメでもある。

どうでもいいものについては本気でどうでもいいらしいけれど、これでなくては、というものについては、わざわざ取り寄せてまで家に置く。

お茶もその一つだ。

僕はどんなご庶民ティーでも気にしないほうなのに、先輩ときたら、お茶はたいていルピシアのオンラインストアで調達して、キッチンに常備している。そのくせ、急須やティーポットを使うのは面倒らしく、すべてがティーバッグだ。

僕も洗い物が減るので、そのほうがありがたい。

先輩が「何でも好きに飲み食いせえよ」と言ってくれるので、僕はまるで我が物のように緑茶を選び、電気ケトルで沸かした熱湯を注いだ。

お茶好きの人に見られたら、「適温まで湯を冷ませ」と怒られるかもしれない。

でも、ルピシアのティーバッグの袋には、「熱湯でも、少し冷ましたお湯でも、水出しでも、どんないれ方でもおいしく入ります」とわざわざ書いてあるので、構わないんだと思う。

実際、ポットで沸かしたての熱湯で煎れても、ちゃんと美味《おい》しい。もっと暑くなったら、水出しを試してみよう。

そんなことを考えながら、僕はテーブルに戻った。

印刷が終わっていたので、打ち出した紙束をクリップで留《と》め、プリンターとノートパソコンの電源を落としてテーブルの隅にいったんどける。

「さ、休憩休憩……あちっ」

欲張ってたっぷりお茶を煎れたので、マグカップに口を付けると、縁まで驚くほど熱くなっていた。

当然、中のお茶もあつあつだ。

少し冷ましておくことにして、僕はテレビのリモコンに手を伸ばしかけ、途中でやめた。

東京の下町のアパートに暮らしていた頃は、すぐ前の道路をトラックが渋滞避《よ》けに使っていたので、走行音がうるさくて、仕事中はいつもテレビを点《つ》けっぱなしにしていた。

おかげで、政治家や芸能人のスキャンダルや家事のコツには無駄に詳しかったものだ。

でも、ここはとても静かだ。

たまに、幼稚園・保育園や小学校から帰ってきた子供たちの声が聞こえたり、廃品回収業者の車がややしつこいアナウンスをスピーカーから流しつつ通り過ぎたりするだけで、あとはしんと静まり返っている。

先輩の家が、表通りから少し入ったところに建っているからかもしれないが、とにかく耳障りな音というのがほとんど存在しない。

先輩の家に転がり込んできたばかりの頃は、昼間に目覚めるたび、あまりにも外の音が聞こえてこないせいで、世界中に僕だけしかいないような不安な気持ちになった。

今はすっかりこの環境に慣れてしまったので、東京住まいに戻ったら、むしろうるさくてイライラするかもしれない。

一年ちょっと暮らしただけで、僕は色んな意味で「芦屋ナイズ」されてしまったようだ。なのに、せっかく有名な芦屋の桜の大部分も、噂に聞いた賑《にぎ》やからしい「さくらまつり」も、ミスってしまったのだけれど。

そんなことをまだうじうじと考えながら、僕はテーブルの端っこに置かれた黄色くて四角い缶を引き寄せた。

缶の蓋に書かれているのは、「鳩《はと》サブレー」という赤文字と、横を向いた白い鳩の絵。言うまでもなく、「鎌倉《かまくら》　豊島屋《としまや》」の銘菓だ。

ただし、今、中に入っているのは、絵と同じ形のさくさくしたきつね色のサブレーではなく、ゴチャゴチャと詰め込まれた色々なお菓子たちだ。

以前、二人がかりで四十枚近く入っていたサブレーを美味しく食べ終わったあと、遠峯先輩は、この缶を「白石のおやつ箱」と名付けた。

そして、自分用に買ってきたお菓子の中で気に入ったものや余ったものを、僕のために入れておいてくれるようになった。

先輩いわく、「作業の合間に甘いものを食うと、心も脳も効率よくリフレッシュできるぞ」だそうで、家にこもって仕事をする僕を思いやってくれたようだ。

先輩には、そういうマメで優しいところが昔からある。

正直、僕はここに来るまで、あまり甘い物に興味がなかった。

でも、甘党の先輩があれやこれやと買ってきては勧めてくれるので、今では、こうしてお茶を煎れ、缶を開けて中のお菓子を少しつまむのが、午後の習慣になっている。

缶の蓋を取った僕は、中身をひととおりあらためてみた。

仕事の行き帰りにコンビニで買ったらしき、ファクトリーメイドのクッキーやビスケット、それにおかきなんかも入っている。

「甘いもんとしょっぱいもんを交互に食うんは食の幸せやろ」というのが先輩のおやつ哲学なので、このおかきは、甘味の引き立て役といったところだろう。

ほとんどはこうした安価なお菓子で、たまに頂き物の高級菓子が交じる。

でも今日は……。

「うわ、なんか凄いのが入ってる」

僕は、缶の中でひときわ存在感を主張するアイテムを手に取った。

これは、明らかにコンビニで買えるものではない。おそらく、頂き物でもない。

僕が原稿の追い込みでうんうん唸《うな》っているのを見た先輩がわざわざ買ってきて、そっと入れておいてくれたに違いない。

それは、透明の袋に入ったバウムクーヘンだった。

小振りだけれど、いかにも人の手で焼かれたらしき個性を感じる。

袋越しに観察してみると、高さはせいぜい七、八センチ、直径もたぶん同じくらいだろう。よく見る円筒形のバウムクーヘンと違って、畳んだ提灯《ちょうちん》を二つ積み重ねたような形をしている。

両手で極端な瓢簞《ひょうたん》形を描いたときのように、バウムクーヘンの外側のラインにけっこう激しい凹凸があるのだ。

「どこの店のだろ」

外袋には楕円《だえんけい》形の茶色いシールが貼ってあり、そこには〝Stern〟と書いてあった。たぶん、それが店名なんだろう。

「すたーん……？」

と首を捻《ひね》りながら袋を引っ繰り返してみると、バウムクーヘンの底にあたるところにもう一枚、原材料を印刷した白いシールがあった。そこには、ありがたいことに今度はカタカナで店名が印刷されている。

「『シュターン』だった！　かっこいい名前だけど、どういう意味だろ。ま、それはさておき」

興味をそそられはしたが、それは辞書を引く方向ではなく、どうやら強いこだわりがありそうなバウムクーヘンの味を確かめる方向にだ。

僕は席を立ち、背後のキッチンから果物用の小さなまな板とペティナイフ、それに鋏《はさみ》を持ってきた。

まずは鋏で外袋をチョキチョキと切り、バウムクーヘンを取り出す。乾燥を防ぐため、バウムクーヘンはさらにもう一枚のフィルムに包まれているので、それは手で注意深く剝《は》がす。

次にバウムクーヘンの真ん中の穴に貼り付いた薄い銀紙をぺりぺりと引っぺがして、やっと切る準備ができた。

「さて、すたたたたんっと切っちゃいますか……って、ん？」

ふと気付くと、テーブルの上に、小さな紙切れが落ちている。どうやら、バウムクーヘンと一緒に入っていたものらしい。

「なんだろ。お、『バウムクーヘンのおいしいひみつ』ってか」

見れば、どうやらこのバウムクーヘン、本当にとんでもないこだわりの一品であるようだ。「焼く人」という項目には、職人の名前ばかりか経歴まで、ごま粒くらいの文字で印刷してある。

「ドイツで修業した、お菓子のマイスターなんだ。すっげえな。マイスターって、滅茶苦茶なるのが大変だって、ソーセージの職人さんに聞いたことがあるぞ。……あ」

ふむふむと興味深く職人のプロフィールを読み、何の気なしに紙片を引っ繰り返すと、裏面には、バウムクーヘンの美味しい切り方まで載っていた。

僕がやろうとしていたように縦にナイフを入れるのではなく、一センチくらいの厚みに、斜めにカットしろと書いてある。

物凄く面倒臭い。

疲れていることもあって、もう普通に切って食べてしまおうかと思ったけれど、危ういところで僕は踏みとどまった。

バウムクーヘンに手を着けたことに気付けば、先輩はきっと、ちゃんとおすすめどおりに切ったかどうか確認するはずだ。

だいたいのことには大雑把《おおざっぱ》なくせに、スイーツに関しては、先輩はとにかく細かいしうるさい。僕がいいかげんな切り方をしたと知ったら、能面の生成《なまなり》みたいな顔で怒り出すに違いない。

そんなことで僕と先輩の関係が悪化して、「出て行け」なんて言われたら、凄く困る。

それに、こんなに凄い職人さんが丹念に焼いたバウムクーヘンだ、一度はきちんと切って食べてみないと失礼だろう。

「ええと、一センチの厚みってこのくらいの角度でいいのかな。おっ?」

ナイフを入れてすぐ、僕は意外な感触に驚いて声を上げてしまった。

塊で持ったときはしっかりした持ち心地で、しかも妙に軽かった。もしかして、パサパサして硬いのかなと思っていたのに、ナイフが吸い込まれるように入っていく。

まるでスプーンで掬《すく》うようにスムーズに切り分けた最初の一切れを、僕はしげしげと眺めた。

そういえば、よく見るバウムクーヘンのような外側の砂糖衣は、これにはかかっていない。

いちばん外側の焼き色は意外と浅い。内部のしましまの層はほどよく細く、生地はとてもきめ細かい。鼻を近づけると、強すぎないバニラの香りがふわっと鼻をくすぐる。

全部切ってから食べようと思っていたのに我慢出来ず、僕はそのままパクリと頬張ってみた。

「うわ」

また、驚きの声が出た。

全然、パサパサなんてしていない。しっとりしているけれど、油脂がもたらすものとは明らかに違う、もっと軽くて優しい食感だ。

紅茶にしておけばさらに美味しく食べられたかなとは思うけれど、そもそも口の中の水分が奪われているという危機感がない。

というか、驚くほどぱくぱく食べられてしまう。そして実際、食べたい気持ちを抑えられない。

あっと言う間に一切れを平らげた僕は、すぐさま再びペティナイフを手にした。最初の一切れを切るのはややトリッキーだけれど、あとは薄く斜め方向にどんどん削《そ》いでいけばいいだけだ。

勢いのままに、僕はバウムクーヘンをすべて切り分けてしまった。

そして、マグカップの緑茶をお供に……そう、言い間違いでなく、お茶のほうをお供にして、夢中でバウムクーヘンを口に運んだ。

「……あ」

食べる前は、一切れか二切れで胸がいっぱいになりそうだなんて思っていたのに、皿に移すこともなく、まな板の上に置いたまま黙々と食べ続け、気付けば最後の一切れになっていた。

先輩に半分残しておくことすら忘れていた。しまった。

でも、缶の中身は好きに食べていいと言ったのは先輩だし、実際、物凄く美味しかったから食べてしまったのだし、これはきっと、先輩も喜んでくれるに違いない。

「うん、一切れだけ残すのも何だし、食べちゃえ」

僕は躊躇《ためら》いなく最後の一切れを口に放り込み、ゆっくり解《ほど》けるような不思議な食感とやわらかな甘みを味わいつつ、満足の溜め息をついた。

現金なもので、さっきまでの桜をめぐる鬱々とした気持ちは、ずいぶん軽くなっていた。

確かに甘いもののパワーは凄い。それが美味しければ、なおさらだ。

「先輩、ご馳走様《ちそうさま》でした」

今頃はまだ病院で眼科医の仕事に奮闘しているであろう先輩に両手を合わせて感謝し、僕は残りのお茶を飲み干すと立ち上がった。

そして、仕事道具を片付け、夕食の下ごしらえに取りかかったのだった。


「桜をミスった？　なんや、それ」

「だから、今年は……」

夜、夕飯のテーブルで、遠峯先輩に桜の話をしたら、先輩は言葉ではなく、賢そうな顔じゅうで「しょーもな」と返事をしながら、箸を取った。

テーブルの真ん中に置いた大皿から、自分の取り皿に唐揚げをひょいひょいと四つ取ってから、先輩は僕の顔を見る。

「それはそうと、今日、えらい唐揚げ多いな」

「こないだ、もも肉二枚で作ったら、ふたりして食い足りなかったじゃないですか。だから今日は、もも肉四枚に増量してみました。余ったら、明日、弁当にして先輩に持って行ってもらいます」

「そら、賢明な判断やな。味付けは、こないだと一緒か？」

「はい。超シンプル、醤油《しょうゆ》とみりんとおろし生姜《しょうが》と、あとはガーリックオイル超ちょっぴりで下味をつけました」

「そんなありきたりな調味料だけで、こんな味になるんか。料理は謎やな」

そう言って、いちばん小さな唐揚げを口に放り込み、もぐもぐしながら、先輩は話題を戻してくれた。

「桜やったら、先月、俺と夜桜見物したやないか。芦屋川の河川敷で、一緒に桜餅食うたやろ？　別に桜をミスってはおらんやろ」

僕は、豆腐と焼き葱《ねぎ》の味噌《みそ》汁を一口飲んだ。今夜はちょっと味噌が足りなかったかもしれないと思いながら答える。

「それはそうなんですけど……まあ、咲き始めは咲き始めで凄く綺麗《きれい》で趣があったとはいえ、やっぱ満開を見てこそ桜だし、花見でしょ！」

「そこはまあ、否定はせえへんけど。……そうか、自宅仕事やと、外にずっと出んかっても困らへんもんな」

「まあ、そうですね。晩飯用の食材も、冷凍してあったやつがけっこうあるし、足りないものは先輩にもちょこちょこ買ってきてもらいましたし、一週間や十日くらいは、あり合わせで何とかなっちゃいます」

「主夫スキル高いなあ、お前。せやけど、ずっと家におって、息詰まらんか？」

感心した様子でそう言った先輩は、小首を傾《かし》げて心配してくれた。

「それは平気です。僕、もとから出不精だし、この家が大好きだし」

僕の返事に、先輩はちょっと困ったような顔で笑う。

「そらよかった。そう言ってもらえたら、祖母も嬉しいやろ。せやけど、花見なあ。俺は、駅や病院までの道すがら桜がようけぇあるし、電車の中からも、どっかの家やら夙川《しゅくがわ》の桜やらが見えるから、それで満足してもうとった」

隣市の川の名前を口にした先輩は、唐揚げの付け合わせに作ったポテトサラダを、箸でたっぷり取って口に運ぶ。

「夙川沿いも、桜の名所なんでしたっけ？　そういやテレビのニュースで見た気がする」

「そやそや。河川敷に桜はつきもんやからな。夙川も有名やで。週末なんかはえらい人出らしいから、わざわざ電車乗って花見に行こうとは思わんけど、電車の窓からでも十分見える」

「いいなあ。先輩は、出勤するだけで花見三昧なんだ」

「俺にしたら、家で仕事ができるお前が羨ましいように思うとったけど、花見に関しては、そやな。けどまあ、原稿が書き上がったんは、よかったやないか」

僕もポテトサラダを頬張って、曖昧な首の振り方で同意した。

「それは、はい。でも、変な意地張ったなあと思って。せめていかりスーパーにいっぺん買い物に出るくらい、すればよかったんですよね」

「ああ、いかりんとこの線路端にも、桜がようけあるもんな」

「はい。あれ、咲いたら綺麗だろうなって、買い物に行くたび思ってたんですよ。それなのに、変なとこで意固地になっちゃって。あー、なんか馬鹿みたい。つまんないことしたな」

先輩相手に愚痴っていたら、また塞いだ気分が戻ってきてしまう。

せっかくの食卓にこれはいけない。話題を早々に変えたほうがよさそうだ。

そう思っていたら、先輩が、唐揚げを頬張ったまま、こう言った。

「それは、アレや。お前が無意識にやった願掛けと違うか」

「願掛け？」

僕は箸を持ったままキョトンとする。

先輩は、涼やかな顔でニッと笑ってこう言った。

「神さんや仏さんに大事なことをお願いするときは、人間、好きなもんとか楽しいこととかを断つやろが」

「あー！」

「お前は、桜を断ったんや。それが功を奏して、ええ小説が書けた。そう思うたら、しょーもないことでもないやろ」

先輩は眼科医で精神科医ではないけれど、やっぱりお医者さんというのは、悩みを抱えた人の気持ちを軽くする方法を知っているんだろうか。

願掛けという言葉に、すうっと気持ちが軽くなった。

「そう言ってもらうと、そんな気がしてきました。そっか。願掛けをして、それが叶《かな》ったんだ。桜を断った甲斐《かい》があったってことなんですかね」

「そういうこっちゃ。せいぜい来年は、お礼参りのつもりで、花見に行きまくったらええ。休みのときやったら、付き合ったんで」

そう言ってから、先輩は悪戯《いたずら》っぽい顔でこう訊《たず》ねてきた。

「それはそうと、今回はあれ、せえへんのか？」

「へ？　何をですか？」

「打ち上げ。原稿が書き上がったら、やるんやろ？　何やったっけ、……脱稿祝い？」

「ああ、でもまだ、本当の脱稿じゃないんで」

「嘘の脱稿なんてあるんか？」

「嘘じゃないですけど、まだチェックが終わってないんですよ。完成原稿にして、担当さんに提出したら、堂々と打ち上げます！」

「お。今回は何を食うんや？」

「へへ、それはお楽しみ。だけど、先輩がきっと喜んでくれるスイーツを作ります。何しろ缶の中のバウムクーヘン、さっき全部食べちゃったんで」

「え」

先輩は即座に箸を置くと、テーブルの片隅に置いてあった鳩サブレーの缶を開け、中を見て、「うぉ」と声を上げた。

「マジか。一口くらい食うたろと思っててんけど」

「あ、すいません。やっぱり？」

「まあええわ。俺が好きなもんをお前も気に入ってくれたんやったら、悔しいより嬉しいのほうが勝つ。旨《うま》かったやろ」

僕はここぞとばかりに深く頷《うなず》く。

「僕史上、最高のバウムクーヘンでした！」

「せやろ。あれな、あのサイズで八百円オーバーや」

「うわ。でも、その値打ちありましたよ」

「せやろ～」

まるで自分の手柄のように得意げな顔で鼻の下を擦った先輩は、ニヤッとしてこう言った。

「ほな、豪華スイーツの打ち上げのお相伴、期待しとくわ。春やし、苺《いちご》の何かがええな」

「任せといてください！」

僕もそう言って、だーんと手のひらで自分の胸を叩《たた》いてみせる。

その意気込みと共に食欲がもりもり湧いてきて、僕はいちばん大きな唐揚げを、「これ、もーらい」と、箸で勢いよくザクリと突き刺した……。

五月

今日も、午前の外来診療が長引き、医局に戻れたのは午後二時過ぎだった。

三時からは准教授の病棟回診があるので、少し前に病棟へ行き、準備をしなくてはならない。休めるのは、三十分ほどだ。

「うう、早くも疲れたな」

そんな泣き言を言いつつ、俺は自席に戻った。

室内には、ほんの数人がいるだけだ。

眼科は提携先の市中病院やクリニックが多いので、皆、交代で出向することになっている。医局員の総数に比べて、実際に出勤している人数が少ないのはそういう理由だ。

俺も、週に二日は他の病院で働いている。

出向先は、眼科や耳鼻咽喉科、皮膚科といったいわゆる「マイナー」な科が常設されていない市中病院だ。そういった病院は外から医師を招いて、週に一、二日だけ診察日を設けるというシステムを採用している。

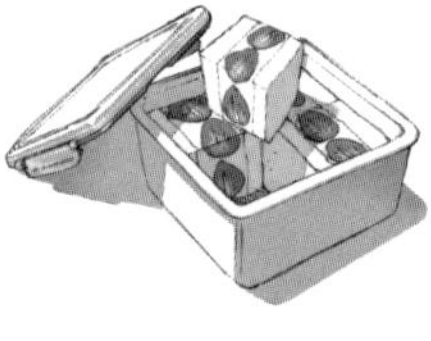

おかげで、その日には患者が殺到するし、手術の予定も限界まで詰め込まれる。当然、

目が回るような忙しさだ。昼休みなど、まともにとれたためしはない。

正直、勘弁してくれと思うことも多いが、不自由や痛みを診察日まで我慢してきた患者たちの、診察室に入ってくるなりホッとする顔を見ていると、とても不平は言えない。

その分、こうして本来の職場にいるときに、少しはのんびりさせてほしいものだが、そうもいかない現状だ。

(まあ、弁当にするか)

同居人であり、高校時代の後輩であり、今は小説家として身を立てている白石が、週の半分ほどは弁当を作ってくれる。

白石は夜通し原稿を書いて、朝、俺と入れ違いに寝室に行くのだが、寝る前に弁当を作ってくれた日は、ダイニングのテーブルに置きみやげのようにちょんと包みが置いてある。

今朝もそうだった。

白石は料理好きで、ほぼ毎日、作った料理に短い文章を添えて、ブログにアップしている。共に暮らしている俺も、同居を始めてからは、「先輩」という呼称でしょっちゅう登場するようになった。

俺も時々ブログを覗《のぞ》いてみるのだが、なかなかに軽快で面白い文章だ。息抜きにちょうどいい。

今日も、俺は白石のブログを開き、昨日の記事を読みながら弁当を食べることにした。

画面に現れたのは、昨日の夕食の一品、「茹《ゆ》でたスナップエンドウ」だった。

本当に、茹でただけの青々したスナップエンドウをシリアルボウルに山盛りにしたやつを、二人で「熱い熱い」と言いながら、マヨネーズにつけてじゃんじゃん食べた。

そのことが、しっかり綴《つづ》られている。


茹でただけなのに旨《うま》いな！　と先輩は言うけれど、茹でただけではないのだ。

僕がそう言うと、先輩は「わかっとる。筋を取るんやろ？」と胸を張って言った。

そのあとすぐに、「お疲れさん」と言ってくれる先輩は、優しい。

でも、それだけでもないのだ。

僕だって何故かは知らないけど、ぐらぐら沸いたお湯に塩を適度にパラリ、それから油もちょっとだけタラリすると、野菜は凄くパリッと歯切れよく、しかも色鮮やかに仕上がる。

我ながら、今夜のスナップエンドウは美味しく茹でられた。

でも、このコツは、先輩にはナイショにしておく。

教えて、感心させてやればいいのにって？

ノンノン、それじゃつまらない。

いつか先輩がどこかよそで「茹でただけのスナップエンドウ」を食べて、「あれ、白石が茹でたやつのほうが旨かったな」って思った……という話をしてくれたときに種明かしをしたほうが、ありがたみが増すでしょ？

そのときこそ思いっきり「えっへん！」と言いたいので、僕はただ、「そうですねえ」と相づちを打って、先輩と一緒にぽりぽりと美味しく食べた。


「いやいや、種明かし、ブログでしてしもとるやないかい」

小声でツッコミを入れて、俺は思わず笑ってしまった。

白石には、高校生の頃からこういうすっとぼけたところがあって、本当に憎めない。

これが他の奴なら、「わざとブログにこういうことを書いて、俺の無知を嘲笑《あざわら》っているのだろうか」と勘ぐってしまいそうだが、白石のは完璧なる天然だ。

俺が読んでいることなど、コロッと忘れているに違いない。

しかし、うっかりブログを読んだばかりに、ややこしいことになってしまった。

次に白石が「茹でただけのスナップエンドウ」を出してきたとき、すぐに褒めていいものだろうか。

あるいはもう二、三度、スルーしたほうがいいだろうか。

なかなか悩ましい。どうせなら、あいつのそうした努力と工夫を最適なタイミングで讃《たた》え、存分に得意がらせてやりたいところなんだが。

まあ、さしあたっては、あいつの「おやつ箱」に、ちょっといい菓子を投入することで、感謝と労《ねぎら》いの気持ちを遠回しに伝えるとしよう。

そんなことを考えながら弁当箱の包みを解いた俺は、「お？」と声を上げた。

やけに包みが冷えて、湿っているとは思ったが、弁当箱の上には、けっこう大きな保冷剤が載せられていた。

保冷剤をペーパータオルでしっかりくるんであるので、包みが湿る程度で済んだのだろう。触れてみると、保冷剤の中身は半ば溶けていた。

「そない冷やさんとあかんもんが、入ってるんやろか。素麺《そうめん》にはまだ早いで」

訝《いぶか》りながら蓋を開けた俺の顔が、自分でもハッキリ感じられるほど明らかにほころんでいく。

弁当箱に整然と並んでいるのは、サンドイッチだった。

それも、普通のサンドイッチではない。フルーツサンドイッチだ。

食事に甘いサンドイッチはちょっと……という向きもあるだろうが、俺は甘党なのでいっこうに構わない。いや、むしろ大歓迎だ。

一枚のパンを四つ、つまり真四角に切り分けたその一切れを、俺はさっそく口に放り込んだ。

（ああ、これだ）

笑みが、さらに深くなったのがわかる。

耳を取り、厚めにスライスされた食パンは、間違いなく「点心《てんしん》」のものだ。

食パン専門店で、本店は尼崎《あまがさき》市にあるらしいのだが、毎週水曜日、地元の食品セレクトショップ、「グランドフードホール」に入荷するので、仕事帰りに立ち寄り、残っていれば必ず買うことにしている。

俺は特にパンに詳しいわけではないから、味の特徴を言葉で言えと言われても困るが、とにかく癖のない、優しい味のリッチなパンだ。

そして何より「点心」の食パンは、仰天するほど柔らかい。

製造元が、手でちぎって食べることを推奨しているのも当然で、ナイフで切ろうと思っても、そのままだと上手くいかない。置いておくと、自重で下のほうが軽く潰《つぶ》れ気味になるほどだ。

一晩、冷蔵庫に入れて、少し硬くしてから切るより他がない。

それをトーストして、同じくグランドフードホールで店員が勧めてくれたはちみつを垂らして食べると、もう他に何も要らないほど幸せになれる。

しかし、今日はサンドイッチだ。

先日、白石が作ってくれた苺のサンドイッチがあまりにも旨かったので、また食べたいとリクエストしておいたのだが、まさか弁当にしてくれるとは。

一つ、また一つと休みなく手が伸びる。

パンはしっとりしているし、半分にスライスしてぎっしり敷き詰められた苺は甘酸っぱく果汁たっぷりだし、何よりクリームが旨い。

普通、フルーツサンドイッチといえば、クリームは生クリームだろう。

だが、それではさすがに、弁当に詰めると苺から水が出るし、クリーム自体もだれてしまうに違いない。

白石の苺サンドイッチは、家で食べたときも、ただの泡立てた生クリームよりもっときめ細かく滑らかで、濃厚な感じがした。

これはいったい……と訊ねたら、白石はちょっと得意そうな顔で、「奮発して、マスカルポーネチーズをそこそこ混ぜました」と、クリームの秘密を思いのほかあっさり教えてくれた。

なるほど、弁当にしても、クリームは実にしっかりしていて、それでいてふんわりした食感も持ちあわせている。風味も抜群だ。

女性の同僚が通り掛かって、俺の弁当を見て「あっ、いいな、美味しそう！」と、いかにも一切れほしそうに声を掛けてきたが、俺はきっぱりと「ダメだ」と言った。

ケチと言われようが、俺は好物は独り占めにしたいタイプなのだ。いや、白石にだけは、さすがに分けてやるが。

うまうまと、まるでおやつのような弁当を食べ終え、サーバーから食後のコーヒーをマグカップに注いで席に戻ったところで、「遠峯先生」と、俺を呼ぶ声が聞こえた。

見れば、教授室の扉がいつの間にか開いていて、教授みずからが俺を手招きしているではないか。

「はいっ！」

と我ながら張り切った声で返事をして、俺は即座に立ち上がった。

眼科における上下関係は、内科や外科ほど凄《すさ》まじくはないが、それでも相手は人事権を持つ、科のトップだ。蔑《ないがし》ろにできる存在ではない。

「食事が終わったら、ちょっと来てくれるかな」

教授はにこやかにそう言った。

嫌な予感がする。

教授は別に不機嫌な人ではないが、あまりにニコニコしているときは、経験上、あまり嬉しくない頼み事や命令をしてくることが多い。

いったい、何を言われることやら。考えただけで気が重いが、行かないわけにもいかない。

「もう終わりました。伺います」

慇懃《いんぎん》にそう言い、俺はコーヒーをブラックのままで一口飲んでから、若干暗い気持ちで教授室へ向かった……。


「えええーっ!?」

　その夜、夕食の席で、俺は予想どおりだと思いながら、白石の非難と落胆が入り交じった声を聞いていた。

　食卓に並んでいるのは、執筆の合間に白石が作ってくれた料理の数々だ。

　柔らかな春キャベツを、新タマネギ、コンビーフと共にさっと強火で炒《いた》めたものは、いかにも旬の味がする。

　いささかひょろひょろしたアスパラガスは、去年の春、白石が来て庭に埋めたアスパラガスの株から生えてきた、記念すべき我が家での初収穫らしい。

　アスパラガスを自宅で生やせるなんて、俺はこれまで知らなかった。それに、去年、茄《な》子《す》やトマトを育てていたのは知っていたが、まさかアスパラの株まで埋めていたとは。というか、そもそもアスパラは株で増えるものだったのか。

　色々な驚きを抱いて食べた、素焼きにしてぱらりと塩を振ったアスパラは、何だか買ってきたものより甘く、味が濃い気がする。見てくれこそ貧弱だが、味は豊かだ。

　今日は買い物に出掛けたのか、メインはかつおのたたきだった。

　生のかつおをサクで買ってきて、自宅のフライパンで焼き付け、新タマネギのスライスやおろし生姜をどっさり載せて、ポン酢を掛けてある。

ニンニクを添えていないのは、俺の仕事に配慮してのことだろう。

白石が来て以来、俺は食べ物には旬があることを実感するようになった。

実家にいた頃も、母親はきっと旬の食材で料理をしてくれていたのだろうが、俺のほうに、そういう意識がまったくなかったのだ。悪いことをした。

そんな心づくしの料理を食べているというのに、俺が選ばざるを得なかった話題は、白石を大いに落胆させるものだった。

「よりにもよって、芦屋バルの日に出張とか！　僕、去年からずっと、来年はあそこにも、あそこにも行きたいって、密《ひそ》かに楽しみにしてたんですよぉ」

白石の恨めしげな顔と声に、俺は肩を落として詫《わ》びた。

「すまん。今年も、俺から行こう言うといて、このザマや」

「ホントですよ」

「何やったら、チケットは買《こ》うたるし、お前ひとりで」

「ひとりで食べ歩きとか、ロンリーにも程があるでしょ！　僕はそういうのを楽しめるタイプじゃないですよ。先輩が行けないんなら、僕も行きません」

膨れっ面をして、白石は鰹《かつお》のたたきのいちばん大きな一切れを口に放り込んだ。

実は、昼休みの教授の「ちょっと」は、やはりろくでもない用事だった。

週末にかかる学会出張のお供を仰せつかったのである。

先約があるので、と渋ることも一瞬考えたが、「今回は、日頃から頑張ってくれている君を連れていってあげようと思ってね」と、いささか恩着せがましく言われてしまっては、すげなく断ることは難しい。

医者の世界はまだまだ体育会系だし、いくら出世に興味がないとはいえ、快適に働きたいという願望はある。

上司の心証を損ねて、職場を居心地の悪い場所にしたくはないのだ。

……というようなことを淡々と語ったら、白石はムスッとした顔のままで、それでも「先輩の立場は滅茶苦茶わかりますから、しょうがないかぁ」と言ってくれた。

「わかってくれるか？」

「僕、これでも高校では体育会系だったんですよ。忘れたんですか？」

「いや、そら覚えとるけど。同じアーチェリー部やってんし。せやけど、あれが体育会系かというと……」

「僕にとっては、十分過ぎるほど体育会系でしたよ。たった一年上ってだけで先輩風びゅーびゅー吹かされて、すっげーめんどくさかったですもん」

白石は膨れっ面のままで口を尖《とが》らせた。俺は思わず噴き出す。

「俺は二年上やったから、もっと先輩風吹かしとったん違うか？」

「違いますよ。先輩は、部活の後にわざわざ呼びつけて、『なんで呼ばれたか、わかってるか?』なんて意地悪な質問、しなかったじゃないですか」

「何やそれ?」

キョトンとする俺に、白石はゲンナリした顔で首を振った。

「一年上の先輩がたの呼び出しですよ。あれ、僕がどう答えてもボロカスに言える、意地悪な質問なんです。『わからない』って言えば、『そんなこともわからないお前はダメだ』って言えるし、『わかる』って言えば、『咎《とが》められるようなことをどうしてやった』って言えるでしょ」

俺は呆れて、思わず箸を置いてしまった。

「しょーもな! あいつら、そんなことしとったんか。根性悪いな」

「でしょー! 先輩亡き後、僕は部活で延々とそういう目に遭ってたんですよぉ。他のみんなよりトロくさいせいで、すぐ目をつけられちゃって」

「亡き後言うな。部活を引退しただけで、俺自身は今に至るまでピンピンしとるわ」

白石の冗談に軽口で応じながらも、俺は胸が痛む思いをしていた。

いつも飄々《ひょうひょう》としているように見えるので忘れがちだが、そもそもこいつは心を病みかけてうちに来たのだし、高校時代から変わらず、けっこう繊細な心を持っているのだ。

こうして冗談めかして言うことほど、本当は深く傷ついた出来事なのだろうし、今も思い出すとつらい記憶なのに違いない。

「よう辞めんと続けたな。別に部活は義務違《ちゃ》うのに」

しみじみそう言うと、白石は軽く肩を竦《すく》めた。

「だって、あの人たち、僕が辞めたらきっとせいせいしたって喜んだでしょ。それこそムカツクじゃないですか。だから、意地でも辞めてやらねーって思ってました」

そうだった。こいつは繊細なくせに、そういう意地っ張りなところもあるんだった。

「そやろな。繊細なだけやったら、小説家なんて不安定な仕事、やっとられへんやろな」

「はい？」

うっかり心の中の声が口から出てしまっていたらしい。首を傾げる白石に、俺は慌てて片手を振った。

「あ、いや。お前に負けず嫌いなとこがあってよかったな〜と思っただけや」

「負けず嫌いっていうか、わりと逆境好きなんじゃないですかね。そうじゃなきゃ、それこそ小説家なんてやってらんないですよ。〆切のプレッシャー、半端ないですもん」

「なる、ほど？」

俺は作家業については、とにかく原稿を書いて提出し、製版して戻されたものに再び手を入れる仕事、としか理解できていない。それでも、〆切間際の白石の憔悴《しょうすい》した様子を見ていると、なかなかに大変な仕事なんだろうな、と推測することくらいはできる。

「まあ、それはともかくや」

食事中にそのあたりのメンタリティを掘り下げてしまうと、せっかくの料理がまずくなりそうだ。俺はさりげなく、話題を元に戻した。

「今年は芦屋バルを諦めさせる埋め合わせに、何ぞ旨いもんを奢《おご》る。それで手を打ってくれへんか？」

「やった！」

「それでええんか？」

「いいです！　早い話が、僕は、楽しく旨いものが食べたいわけであって。芦屋バルはきっと来年もあると信じます」

「せやな。ほな、何を……」

何を食べさせたらいいかと訊ねるのを最後まで待たず、白石は元気よく答えた。

「詫び肉！」

「詫び肉て……。新しい概念やな。肉っちゅうんはその場合、牛肉か？」

「イエース！」

「……ええけど、どういう感じやねん。すき焼きか、焼肉か、それとも……」

「ステーキ！」

「ステーキか。うーん。そこそこええ肉を買うてきて、家で焼いてもええけど」

「はい、僕、焼きますよ？」

白石は元気よくそう言って身を乗り出してきたが、俺は首を横に振った。

「それやと、お前の手を煩わせることになるからなあ。詫び感が薄れる」

「じゃあ、どっか店で？」

「そやな。A－1《エーワン》か、三田屋《さんだや》か、それこそ竹園《たけぞの》か……あっ」

「はい？」

俺は手を打った。

「そうや。あんまし肉が好きやなかった祖母が、俺が遊びに行くと、きまって連れていってくれた店がある。そこのステーキだけは脂っけが少のうて食べやすい言うて、好きやったんや。久しぶりに行ってみよか」

白石は、ビー玉のような目を輝かせた。

「先輩の、子供の頃の思い出の店？　いいですね、そこ行ってみたい！」

「たぶん、まだやっとるはずや。あとで調べて電話してみるわ。いつ行きたい？」

「善は急げで、明日でも！」

てっきり週末と言うと思いきや、まさかの明日指定に、俺は目を剝《む》いた。

だがまあ、特に夜の予定があるわけでなし、確かにこういうことは、善は急げだ。

「よっしゃ。ほな、予約取れたら明日行こか。せやけど、昔と変わってへんかったら、めっちゃドカ飯になるからな。昼抜くくらいでちょうどええぞ」

鰹のたたきを炊きたてのご飯に載せて頰張りながら俺がそう言うと、白石は早くもファイティングポーズを決めて「ガッテンです！」と言った。

「僕、どうせ朝寝て昼起きますから、そのまま何も食べずに挑みますよ！」

「おう。俺もその場合は、弁当やめとこ。予約、上手いこと取れたらええな」

「取れないと困ります。僕もう、口が完全にステーキですよ。アスパラ食べてる場合じゃない。……いや、これはこれで旨いんで食べますけど」

何だかよくわからないことを言いながら、白石はアスパラガスの最後の一本を指でヒョイと摘《つ》まみ、スナック菓子のようにポリポリと齧《かじ》った……。


長らく行っていないので心配したが、目当ての店は今もつつがなく営業を続けており、予約も首尾良く取れたので、俺たちは翌日の夕方、俺の仕事帰りに待ち合わせることにした。

待ち合わせ場所にしたのは、店の最寄り駅であるＪＲ摂津《せっつ》本山《もとやま》駅だ。

昔は木造の風情ある駅舎だったが、今はどこにでもあるような建物になってしまった。

便利で安全で快適になるというのはいいことだが、その代価が個性だというのは、なんとも世知辛い。

まあ、それはともかく、改札前で待っていた白石は、ロングスリーブのだぼっとしたシャツに、カーゴパンツというういつもの服装だった。

スーツの俺と並んで歩くと、先輩後輩というより、保護者と学生のように見えるのではなかろうか。

「ステーキ食べるための服装ってよくわかんなくて。カジュアル過ぎました?」

少し不安げな白石に、駅舎を出て並んで歩きながら、俺はかぶりを振った。

「いや、カジュアルでええ。っちゅうか、そのほうがええ。それなりに匂いがつくから」

「……匂い?　そんな強烈なんですか、ステーキ臭って」

「ああいや、ステーキだけじゃない?　なんだろ。楽しみだなあ」

「ステーキだけやないからな」

行ってからのお楽しみだと思っているのか、白石はこれから行く店について、あまりあれこれ訊ねようとはしない。俺も敢《あ》えて何も言わず、ただ「こっちや」と西に向かって歩き出した。

「遠いんですか?」

「いや、まあ散歩くらいや」

そんなことを言いながら、店やオフィスが並ぶ幅の広い真っ直《ま》ぐ《す》な道、山手幹線を歩いていくと、やがて唐突に現れる小さなバラ園の前を通り過ぎ、南北に走る十二間《じゅうにけん》道路にぶち当たる。

その名のとおり、幅が十二間ある……かどうかは、俺は知らない。本来の名前は別にあるのだろうが、地元の人間は皆、十二間道路と呼んでいる。

その十二間道路を横断することなく、向かって左、つまり南に曲がり、緩い坂道を少し降りたJRの高架手前に、目的の店はある。

四階建てのビルの一階に、「STEAK&WINE　デッサン」と店名を書いた看板を掲げ、扉はガラス張りだ。

「えっ、ここ？　なんか、バーみたいですけど？」

扉越しに店内の様子を覗き見て、白石は意外そうに目をパチパチさせた。

「ええから」

俺は扉を開けて、先に立って店に入った。

細長い店内には、これまた細長いカウンターが設《しつら》えてあり、そこに背もたれの低い椅子が並んでいる。十人も入ればいっぱいになる、ごく小さな店だ。

カウンターの中には長い鉄板があり、その前に、エプロン姿の大柄な年配男性が立っていた。この店のマスターだ。

「うわあ、いらっしゃい！　そうか、遠峯さんて誰やろと思うたら、朔ちゃんか！　えらい立派になって。貫禄《かんろく》ついたん違う？」

俺の顔を見るなり、マスターはそう言って、温かな笑みを浮かべた。

「ええ？　朔ちゃん？　いやぁ、ホンマやわ」

奥の厨房《ちゅうぼう》から出て来た奥さんも、相変わらず華やかな笑顔を見せてくれる。

二人のあまりにも変わらない顔を見るなり、懐かしさに胸がいっぱいになった。

祖母と並んで鉄板の前に座り、マスターが手際よく焼き上げる料理をきっちり半分、取り分けてもらうと、子供ながらに一人前に扱われたようで、とても誇らしい気持ちになったものだ。

「朔ちゃん、たくさん食べや。マスター、この子んとこに多めに置いてやって」

そんな祖母の声まで甦《よみがえ》ってきて、ここに来たら言おうと思っていた挨拶の文句を綺麗さっぱり忘れてしまった。

「その、どうも、ご無沙汰しまして」

小柄な奥さんは、にかっと笑って俺の顔を見上げる。

「ほんまよ。お祖母ちゃん、亡くならはったて風の便りに聞いたけど、あれ、何年前やった？」

「三年前です。すいません、ほんまはもっと早《はよ》う、伺わんとあかんかったんですけど」

「そんなんはええのんよ。座って。あれ、そちらはお友達？」

そこで二人はようやく、おずおずと入っていた白石に気付いたらしい。

「ああ、俺の高校時代の後輩です」

「白石です。ども」

白石はマスター夫婦にペコリと頭を下げる。俺は、ようやく少し落ちついて、簡単な近況報告をした。

「俺、今、N総合病院の眼科に勤務してまして、祖母が住んでた家を買い取って住んでるんです。そんで、こいつも同居してて」

「へええ、そうやったん。それはええことやね。まあ、座って座って、二人とも」

奥さんは、店の奥のほうの席を勧めてくれ、俺たちは長い鉄板の前に並んで腰を下ろした。

昔と同じように、分厚い鉄板は綺麗に手入れされ、銀色に光っている。

「朔ちゃん、もうどっから見ても立派なお医者さんやね。後輩さんもお医者さん？」

マスターにそう問われ、白石はブンブンと首を振った。

「僕はそんな立派なもんじゃないです。小説を書いてます」

「へえ。そら凄い」

感心したようにそう言いながら、マスターは俺たちの前に厚手のグラスを置いてくれた。この店自慢の、ハートランドビールだ。

そういえば、あまり酒をたしなまない祖母も、ここに来たときは、いつも一杯だけこのクラフトビールを楽しんでいた。

「じゃあ、とりあえず……このたびは申し訳ない」

「いいってことよ！　です」

他人にはわからないやり取りをして乾杯した俺たちの前で、マスターはさっそく料理に取りかかる。

おそらくコースメニューはいくつかあるのだろうが、祖母に連れられてきたときはいつもお任せだったし、今夜もマスターはそのつもりでいるようだ。

厨房から奥さんが、食材を載せたざるをいくつも持ってくる。

それをマスターが、鉄板のそこここに油を引き、並べていく。おそらく、場所によって、火加減を微妙に変えてあるのだろう。

ここに来るのは初めての白石は、その光景に目を輝かせた。

「すっごい！　ステーキをご馳走してもらうつもりだったけど、これ、鉄板焼きってやつですね？　僕、生まれて初めてです。ほんとにすっごいなー」

「凄いでしょ」

かつてカントリー歌手だったというマスターは悪びれない笑顔でそう言って、手慣れた様子で鉄板に二人分の付け合わせを並べた。

人参《にんじん》、しめじ、輪切りのタマネギ、豆腐、そして、結び糸こんにゃく。

少し離れたところには、小さなハッシュドポテト。

さらに、蛤《はまぐり》、細めのバゲット、綺麗に結んだ白身魚、キスなども加わる。

白石は、珍しそうに調理過程を眺め、マスターに「いいですか？」とことわってから、スマートフォンで写真をパシャパシャ撮った。

「今日のブログのネタはこれにしよう。嬉しいな。ステーキの前に、こんなに食べられるんだ！」

「お腹《なか》減ってる？　肉の前に、お腹いっぱいになったら困るよ」

マスターのそんなからかいに、白石はぺたんこの腹を叩いてみせた。

「今日はまだ何も食べてないんで、大丈夫です！」

「ええー？　そら大変やわ。まずはこれ食べて」

いそいそと厨房から出て来た奥さんが、手作りのポテトサラダを出してくれた。

俺たちは紙製のエプロンの紐《ひも》をうなじで結び、本格的に鉄板焼きを食べる準備を整えてから、その懐かしい味のポテトサラダを頬張る。

やがて、鉄板から次々と料理が供され始めた。

酒蒸しの蛤、仕上げにバターを落としたキスのムニエル、ホタルイカのソテー、カリカリに焼いた薄切りバゲットに冷たいトマトを載せたもの、アサリとシロナの炒め物、そして、シンプルな焼き野菜。

俺たちが熱々の料理を夢中で平らげる間に、マスターはステーキに取りかかる。

分厚い「ヘレ肉」が鉄板に置かれ、ジューッといい音がした。

その傍らではもやしが炒められ、紙のようにヒラヒラにスライスされたニンニクが、じっくり焼き付けられている。

昨日は回避したニンニクだが、ステーキのお供としてのニンニクは、退《しりぞ》けるにはあまりにもいい匂いだ。こうなったら仕方ない。あとで牛乳を飲もうと俺は決意した。

「詫び肉だーー!」

白石は歓声を上げ、いかにも嬉しそうに身を乗り出した。

その姿が、まるで子供時代の俺のようで、ちょっと可笑《おか》しくなる。

「足りるかな。朔ちゃん、高校生の頃は、これの倍くらい食べてたねえ」

マスターが懐かしそうに目を細めた。俺は慌てて片手を振る。

「あの頃は滅茶苦茶食えましたけど、今はもう無理です。十分やと思います」

「そう? まあ、足りなかったらまた焼くしね」

笑いながらそう言うと、マスターは大きなフォークとナイフで、器用に肉を一口大に切り分けていく。特に焼き加減を訊《き》かれることはない。

マスターがベストだと思う味加減、焼き加減で仕上げてくれるのが、この店の流儀なのだ。

やがて鉄板で温められた厚手の皿が銘々の前に置かれ、サイコロ状のステーキがたっぷり、もやしとニンニクを添えて盛りつけられる。

そのまま食べるもよし、ポン酢をつけるもよし。

あっさりした、ほとんどサシを感じない肉は、それでも柔らかくてジューシーだった。

きっと、分厚い鉄板が、肉汁を素速く閉じこめてくれるのだろう。

俺も白石も、もうほとんど喋《しゃべ》らず、ゆっくりと楽しんで旨いステーキを食べた。

さらに、いささかたっぷりすぎる量のガーリックライスと赤だしが出て、最後は奥さん手作りのりんごのデザートと、マスターが丁寧に淹《い》れてくれるコーヒーで、コースは終了する。

すべてを腹に収める頃には、あまりにも満ち足りて、何もしたくない気持ちになった。

「もっとしょっちゅう来てよ」

というマスター夫婦の声に送られて店を出ると、大通り沿いのわりには辺りは薄暗く、夜風はヒンヤリしていた。

「ご馳走様でした！　何だか、素敵なお店でしたね。僕、初めてなのに、親戚の家に行ったみたいでした」

白石のそんな感想に、俺は笑ってうなずいた。

「そうやな。俺も懐かしかった。……気に入ったか？」

駅に向かって歩き出しながら、白石は大きく頷く。

「すっごく！　でも、お腹いっぱいで、立ってるのがつらいくらいです」

「俺もや。早う帰って、ジャージに着替えたい」

「ああ、先輩、スーツですもんね」

気の毒そうに俺を見た白石は、こんなことを言った。

「詫び肉のお礼に、デザート買ってたんですけど、今夜は無理ですね。明日の朝かな」

「何を買うてくれてたんや？」

「マドレーヌ。芦屋大丸《だいまる》で、神戸市西区のケーキ屋さんが出張販売してて、そこで美味しそうなマドレーヌを売ってたんですよ。昔ながらの平べったい、ちょっとパサパサしてそうな奴。店の名前は咄嗟《とっさ》に思い出せないですけど、帰ったらわかります」

「ああ、聞くだに旨そうや。そやけど、間違いなく明日の朝やな」

俺は呻《うめ》いた。多少歩いて腹ごなしができたとしても、マドレーヌのようなどっしりした焼き菓子を食べられるコンディションになるとは、到底思えない。

「ですよね。でも、マドレーヌだから大丈夫。明日の朝ごはんが楽しみになりました」

そう言ってから、白石はちょっと悪戯っぽい横目で俺を見た。

「それにしても、『朔ちゃん』かあ。先輩、昔は可愛《かわい》い呼ばれ方してたんですね」

「どアホ、俺にも、可愛かった子供時代はあったんや！」

僕もそう呼んじゃおうかな、と調子に乗る白石の頭を軽くはたきつつ、俺は耳の奥で、「朔ちゃん」と独特の抑揚で俺を呼ぶ、懐かしい祖母の声を聞いた……。

六月

「……ふう」

キーボードを叩く手を休めるなり、溜め息が漏れた。

ノートパソコンの画面を凝視しすぎて、両目がシパシパする。

親指で目のくぼみを押してみると、予想以上の鈍い痛みに思わず声が出た。

「痛っ。あー、ちょっと休憩しよう。いくら何でも、今日はちょっと座りすぎだよ」

自分自身に言い聞かせるようにそう言って、僕は立ち上がった。

身体を左右に捻りながら数歩移動して、テーブルの端っこに置かれた「白石のおやつ箱」という名の、鳩サブレーの黄色い缶を開けてみる。

「んー、新規追加はなしか」

いつも先輩が補充してくれる「おやつ箱」の中には、見慣れた駄菓子がいくつか入っていた。

時には勿論《もちろん》、僕が買ってきたものを入れることもあるが、毎日出勤する先輩のほうが、店に立ち寄る機会が圧倒的に多い。

先輩曰《いわ》く、「毎日、飯を作ってくれているんだ。おやつくらい、俺が持つ」ということなので、ありがたくご馳走になっている。

「そっか。あれ、もう食べちゃったんだっけ」

入っていることを期待していたお菓子を、昨日、他でもない自分が食べ尽くしてしまったことを思い出し、僕は落胆の声を漏らした。

名前が長くてなかなか覚えられなかった「ポッシュ・ドゥ・レーヴ芦屋」という店の「和三盆ボーロ」が、今、僕が食べたいお菓子だ。

阪神芦屋駅の北側、天下の「アンリ・シャルパンティエ芦屋本店」の隣という強気な立地の小さな店で、僕も何度か行ったことがあるけれど、ケーキはすぐに売り切れてしまうらしく、あまり見かけることがない。

そこで僕らがきまって買うのが、「和三盆ボーロ」なのだ。

店の名物である、リング状の「和三盆サブレ」を作るとき、くり抜かれた真ん中の小さくて丸い生地を焼き上げた可愛いボーロで、僕はサブレのほうより好きかもしれない。

何となく「真ん中の穴を食べる」というアイデアが好きだし、小さいから口の中でのおさまりもいい。

まんべんなくまぶされたきめ細かい和三盆の優しい甘みを、サブレのほうよりじっくりまったり楽しむことができるような気もする。

（ああ、今、一つでいいから食べたかったな）

歯が当たるだけでホロリと崩れる、儚《はかな》いほど繊細な生地の食感や、カリッと香ばしいマカダミアナッツの欠片《かけら》のことなどを考えると、口の中に切ない唾が湧いてくる。

僕は「おやつ箱」の蓋を閉じ、間続きのリビングへ足を向けた。

まだ午後三時前だというのに、室内はどんよりと暗く、大きな掃き出し窓の外は、今日も雨模様だ。打ち付ける雨粒が、古いガラスの表面を伝い落ちていく。

梅雨入りしたからには、十分に降ってくれなくてはむしろ困る。

それは重々承知だけれど、四日も五日も雨が降り続くと、さすがにちょっと気持ちが滅《め》入《い》ってくるというものだ。

しかもこの家は古いから、あちこちから外の湿気が忍び込んで来て、家じゅうの何もかもがしっとりしている。

僕的に今のところ最高に困っているのは、布団が湿って重くなったことと、プリンターにセットする紙がしけって中で詰まることだ。

それ以外は、まあまあ我慢できるとはいえ、やはり快適とは言いがたい。

「あー、家の中にいても、クサクサするな」

思えばここ数日、敷地外には出ていない。

つまり、またしても宅配便や郵便を受け取るとき以外、外に出ていないということだ。

雨だから外出が面倒臭かったというのと、新作のアイデアがなかなか出ず、プロットが仕上がらないという事情との合わせ技で、すっかり引きこもりライフになってしまっていた。

でも、こういうのはよくない。

本当によくない。

ここに来る前、心を病みそうになったのも、仕事ばかりしていたからだ。

というか、アイデアが浮かばなくて結果を出せない罪悪感から、外に出掛けたり楽しいことをしたりしてはいけない、自分にそんな資格はないと、僕は思い込んでいた。

だから、文字一つ書けないくせに椅子の前から動かず、ただひたすら……それこそ寝る間も惜しんで、ただモニターを睨んでいるだけのおかしな日々だった。

今思えば、ずいぶん無駄なことをしていたと思う。

そんなことをしていても、精神的に追い詰められるだけなのに。

ここに来てからは、だいぶ気持ちのありようが変わった。

夜になったら先輩が帰ってきて、あれこれ話せるので、自分が煮詰まっていることも素直に打ち明けられる。

それに、そもそも僕は気持ちを隠すのがあまりにも下手なので、仕事が順調でないことは、先輩にすぐバレてしまう。

最近では、先輩はそういうとき、やけにキッパリと「そういうときは気分転換や！」と言って、強引に僕を外に連れ出す。

最初は、そういうのは少し面倒だな……と、僕は感じていた。

めちゃくちゃ失礼だけれど、何しろもともとが出不精だから、身なりを整え、靴を履いて外に出ること自体が、そこそこのストレスだったのだ。

でも、先輩の言う「気分転換」は、いつも効果抜群だ。

駅前のカフェでブランチでも、電車に乗って出掛けるショッピングでも、不思議なくらい気持ちが晴れる。

ああそれから、この前は、ついにＵＳＪにも連れて行ってもらった。

あのときは本当に、「遊んでる時間なんて、ないんですってば！」と半泣きで連行されたのに、いざ園内に入ってみたらハチャメチャにテンションが上がって、夜のパレードまでしっかり楽しんで帰った。

園内で、驚くほど大きなターキーレッグを肴《さかな》にビールを飲んだり、キャラクターの顔をかたどったシュールな蒸し饅頭《まんじゅう》を半分こしたり、ジェットコースターに乗って悲鳴を上げたりして、家にいたときのしょぼくれ顔が嘘みたいに、笑ってばかりいた。

帰宅したら、全身がバターになったかと思うくらい疲れていたけれど、爆睡からの目覚めはスッキリで、その後、嘘みたいに仕事がはかどった。

やっぱり、気持ちを仕事から引き剝がして、身体を動かして、美味しいものを食べて、グッスリ眠る。

それが結果として、仕事をスムーズに進めることになるのだろう。

「いつも先輩に連れ出してもらうばっかりじゃダメだよな。自分から出掛けなきゃ」

そう呟いてみたが、いきなりひとりで遊びに行くのは、ちょっとハードルが高い。

しかも、外は雨だ。

まずは、家の中でできる気晴らしでウォーミングアップを……。

「そうだ。何かおやつを作ろう」

ふと思いついて、僕はさっきまでいたダイニングキッチンに引き返した。

昭和を煮染《にし》めたようなこの家には、ダイニングテーブルのすぐ近くに、特にスペースを区切ることもなく、すべてが一直線に配置されたキッチンがある。

キッチンというより、「お勝手」と呼びたい佇《たたず》まいだ。

むき出しの湯沸かし器も、ステンレスの深いシンクも、点火がちょっともたつくガスコンロも、色褪《いろあ》せたプラスチック製の洗いかごも、先輩のお祖父《じい》さんが生前に作ったという木製の踏み台も、すべてが時代がかっている。

でも、僕が東京で住んでいたアパートのキッチンは、玄関を開けてすぐの廊下にあって、しかも極小のシンクと一口だけのコンロ、調理スペースはほんの二十センチほどというミニマム構成だったので、それに比べればパラダイスのような環境なのだ。

「何かあったっけ」

僕は食料庫として使っている丈の低い木製の戸棚を開け、それから冷蔵庫を開けて、うーんと唸った。

買い物に行かなくても、コープさん、もとい生活協同組合の個配が週に一度あるので、必要最低限の生鮮食料品は届けてもらえる。

野菜とか、冷凍の肉や魚とか、果物とか、そういったものだ。

正直、味にこれといって特筆すべきものはないけれど、値段に見合った品質だし、何よりカタログを見て注文しておけば、家まで届けてもらえるというだけでありがたい。

それに、肉や魚は使いやすい状態に加工してあるものが多いし、野菜や果物は、大きさや形が不揃いなものを敢えて取り扱ってくれるので、「食べ物を無駄にしないための活動」に参加できている気持ちになれるのも、ちょっといい。

とはいえ、今、おやつにできそうな新鮮な食材は、見当たらなかった。

昨日まではゴールデンキウイがあったけれど、今朝、ヨーグルトに入れて、二人して朝食に食べてしまったんだった。

「うーん。そうなると、やっぱアレか」

食べたかった「和三盆ボーロ」の足元にも及ばないけれど、せめてサクサクした粉の味を楽しみたい。

そう思った僕は、とりあえずオーブンを百七十度に設定し、予熱を始めた。

それから、小麦粉を二百五十グラム、ボウルに量り入れた……というと格好良いけれど、実際は、カップに二杯弱、大雑把に掬って放り込んだだけだ。

普通のお菓子はきちんと計量しないと大惨事になりがちだけれど、これはまあ、たぶん、大丈夫だろう。

それから、こちらは一応真面目に砂糖を百五十グラム計量し、粉に足して手でぐるぐるかき混ぜた。

次に、バターを丸ごとひと箱、つまり二百グラムをまな板に置いて、包丁でざくざくと小さなサイコロ状に切り分けた。

いつもはこんな豪快なバターの使い方はしないけれど、賞味期限が近づいているので、思いきって使い切ることにする。

手の熱で溶かしたくないので、バターの処理は、極力触らないよう、素速くやらなくてはならない。可能な限り細かく刻んだバターは、粉を入れたボウルにどんどん放り込んでいく。

材料は、これだけだ。

あとは両手の指で、バターを磨《す》り潰すようにして粉と馴染ませ続ける。

冷たいバターと、サラサラした粉、それにちょっとざらついた砂糖の手触りが、何とも気持ちいい。

本当は粉をよく冷やしておいたほうがいいのだけれど、今日はそんなに蒸し暑くないから、たぶん大丈夫だ。

そのうち、粉と砂糖とバターがよく馴染んで、全体が細かいそぼろ状になったら、絶対に生地を練らないように、ギュッと手のひらでボウルの底に押しつけるようにしながら、徐々にすべてをボール状にまとめる。

そうしたら、調理台の上に大きなまな板を置いて軽く小麦粉を振り、生地を置く。その上からも軽く小麦粉を振りかけて……本当は麺棒があれば使ったけれど、ないので手のひらを使って、生地を叩いて平たく伸ばしていく。

厚みは一センチくらい。けっこう分厚いので最初は驚くと思う。でも、これでいいのだ。だいたい均等に伸ばせたら、あとは粉をまぶした包丁で適当な大きさに……僕はカロリーメイトくらいのサイズと形に切り分けて、フォークでグサグサと表面に穴を開ける。

あとはそれをベーキングシートを敷いた天板にくっつかないように並べて、十五分から二十分、じっくり焼き上げるだけだ。

縁がうっすらきつね色になったら、真ん中はまだ白くてもフィニッシュ。オーブン用の軍手を嵌《は》めて、天板を注意深く取り出す。

ショートブレッドを作ろう☆
さとう
バター
小麦粉
まぜ合わせる。
⚠練らない。
おしつける
ように。
ぎゅ
厚さ1cm
くらいに
生地をのばす。
切り分け…
ぷす
フォークで
穴をあける。
焼く。
完成!!

最後に一つずつフライ返しでラックの上に移動させて、冷めるまで待つ。僕は全体にグラニュー糖を軽くパラリとするけれど、省略したっていい。

そう、僕が作っていたのは、ショートブレッドだ。

材料は滅茶苦茶シンプル、作業もこれ以上ないくらいシンプルで、気軽に作れる。

本当は無塩バターを使ったほうがいいし、上新粉を混ぜるともっとサクサク感が出る。でも、ない袖は振れないし、家のおやつなんだから、振らなくていいのだ。

バターと粉のいい匂いがするから、すぐ食べたくなるけれど、じっと我慢。

冷めてからでないと、さくっとした食感が出ない。

だから、つまみ食いの衝動を抑えて、洗い物をして、使った器具をすべて片付け、お湯を沸かして美味しい紅茶など淹れる。勿論、ミルクをたっぷり入れたやつだ。

さて、そろそろいいだろう。

まだほんのり温かいけれど、この際、冷めたことにして、僕はショートブレッドを一きれ、小皿に載せた。

紅茶と一緒にリビングに運び、ソファーでゆっくり味わってみる。

我ながら、上手にできた。

生地は、指で持った感じは硬いものの、噛《か》めばほろっと崩れ、ザクザクした食感と共に、粉の香ばしさとバターの優しさを満喫できる。

もっとも、作る過程で水を一滴も使っていない生地をさらに焼き上げるわけだから、まさに口の中の水分をすべて奪い取る凶悪なお菓子なのだが、だからこそ、紅茶が生きるというものだ。

結局、一きれで紅茶をマグカップなみなみ二杯飲むことになり、けっこうお腹も気分も落ちついた。

残りのショートブレッドは、他のお菓子についていた除湿剤と共に密封容器に入れ、「おやつ箱」にしまっておく。

先輩は必ず毎日蓋を開けるから、何も言わなくてもきっと見つけるはずだ。

「ふう、意外といい気晴らしになったな。さて、晩飯を作る前に、もうちょっとだけ頑張ろう」

大きく伸びをして、上体を思いきり左右にいっぺんずつ倒してから、僕は再び、ノートパソコンの前に座った。

「プロット？　って、何やったっけ」

帰宅して夕食のテーブルについた先輩は、ピーマンの肉詰めを分解して、まずはピーマンだけ、次に肉部分を口に入れながら首を捻った。

どうも、先輩はピーマン肉詰めがあまり好きではないらしい。次から、ハンバーグとピーマンのソテーという布陣で出したほうがよさそうだ。そんなことを思いながら、僕は答えた。

「あらすじっていうか、小説の設計図みたいなもんです。こういうのを書こうと思うっていうのを、担当編集さんにお知らせしてオッケーを貰わなきゃ、原稿に取りかかれないので」

「あー、そやった。そう言うたら、聞いたことあったな。ほんで、その設計図が上手いこと組まれへんのんか」

「そうなんですよね。大筋はできてるんですけど、パーツの連続性がイマイチっていうか、そこにそのエピソードを入れる必然性が弱いっていうか」

今度は肉部分を旨そうに頬張って、先輩はむーんと低く唸った。

「俺にはようわからんけど、物語っちゅうんは、そう必然性が大事なもんなんか?」

「え？ っていうと？」

意外な質問に驚く僕に、先輩は綺麗な箸使いで次々とピーマン肉詰めを分解しつつ、フラットな口調で言った。

「そやかて、日々の生活の中で、必然性のあることがどんだけあるやろか、という疑問なんやけど」

「……それは……ええと」

「そら、勿論自分の意志で、今こうせな！　て思うことも少しはあるけど、ほとんどは成り行きと偶然の産物違うか、人生なんて。ああいや、俺に関しては、やけど」

　食事をしながら、あまりにも深いことをサラリと言われてしまって、僕は呆然《ぼうぜん》としてしまう。先輩は、そんな僕の顔を見て、余計な難癖をつけてしまったと思ったのだろう、慌ててこう繰り返した。

「いや、あくまでも俺の話やから、気にせんといてくれ。なんや、小説の中の登場人物は、必然性のあることしかできへんのやったら、ずいぶん窮屈な話やなと思うただけや。そやけど、考えてみたら、ストーリーを作らなあかんのに、登場人物が成り行きで動いたら困るわな」

「あ、いえ」

　僕はつい、ぼうっとしたまま先輩の話を聞いていた。

　言われてみれば、そのとおりだ。

　ここしばらく、プロットを出しては、担当編集さんに「訴えてくるものがちょっと弱いですね」とふんわりした理由でリテークを食らい続けていて、僕はそれを勝手に、登場人物の行動に必然性が薄いからだと思い込んでいた。

　でも、確かに先輩の言うことのほうが正しい。

　キャラクターの行動や発言にいちいち理屈や整合性を求めようとしていたせいで、他でもない僕が息苦しくなってしまっていた。そのせいで、プロット作成がいっこうに進まなくなっていたに違いない。

「そっか。はあ、先輩って、やっぱり僕をレスキューする天才だなあ」

「あ?」

僕は、すっかり感心して、先輩の顔を料理越しにまじまじと見た。

「だって、小説なんて全然畑違いなのに、僕の話をちょっと聞いただけで、今抱えてる問題をズバッと指摘してくれるんですもん。ビックリしました」

先輩は、むしろ不思議そうな顔で僕を見返してくる。

「そうなんか? 俺は、勝手な印象を言うただけやで?」

「だとしても、それが僕が気付いてなかった僕の課題にドンピシャだったんで、大助かりです」

「ほんまか?」

「はい。いいプロットを立てなきゃって焦ってたせいで、僕、登場人物をむりやり物語にアジャストさせようとしてた気がします」

「それやとあかんのか?」

「だって、逆じゃないですか。人間がいて、色んなこと考えて、それぞれ行動したことが、他人や環境に影響を与え合って……それで、物語が生まれるんですよね。物語を紡ぐために、キャラクターがいるんじゃないんだ」

「まあ……そういうことやろか」

「そういうことです。すっげー基本的なこと、コロッと忘れてました。目から鱗《うろこ》っていうか、目が覚めたっていうか、とにかく、何か突破口が開けそう！」

実はあまり食欲がなかったのだが、目の前にキラッと光が見えた途端、胃袋の入り口が大きく開いたようだ。急に、空腹を感じた。

「そらよかった」

ようわからんけど、と呟いてから、先輩はこう言った。

「ところで、俺が言うたことが役に立ったんやったら、週末、ちょー付き合わへんか。仕事のやりくりがつくようやったらっちゅう意味やけど」

「はい？　泊まりがけですか？」

「いや、せいぜい半日くらいのもんや」

「だったらいいですけど、どこ行くんです？」

僕が訊ねると、先輩はニヤッとしてこう言った。

「温泉や」

「おおー」

思わず、そんな声が出た。僕のリアクションのポジネガを判断し損ねたらしく、先輩は面食らった顔で眉をひそめる。

「どういう『おおー』やねん」

僕は笑いながら答えた。

「おおー、渋いって感じで。半日で行ける温泉っていうと……城崎《きのさき》温泉とか？」

「城崎はさすがに一泊ほしいとこやろ」

「そっか。すると……」

「やっぱし近場言うたら有馬《ありま》やろ。カーシェアで車借りたら、すぐや」

「あー、カーシェアって発想はなかったな。それ、いいですね。山のほうでしたっけ」

「そやそや。真正面の山をどんどん登っていったら、勝手に有馬に着く」

先輩の話を聞いているうちに、僕は俄然《がぜん》興味が湧いてきて、詳しい話をせがんだ。

「有馬温泉って、そういや行ったことないんですよね。豊臣秀吉《とよとみひでよし》にゆかりが深いんでしたっけ。太閤《たいこう》の湯とか、聞いたことがあります。秀吉が掘ったんですかね？」

そう言ったら、先輩は小さく噴き出した。

「秀吉は掘らんやろ！　そこまで暇ちゃうし。そうやのうて、ご贔屓《ひいき》にしとったたっちゅうことやろ」

「ああ、なるほど。でも、どうしていきなり？　いや、温泉、僕も好きですけど」

するると先輩は、ペットボトルから二人分のグラスにお茶を注《つ》ぎ足《た》しながら、ちょっと照れ臭そうに答えた。

「まあ、疲れが溜まっとるから温泉に入りたいっちゅうのもあるんやけど、それ以上に、精進料理が食いとうなってな」

予想外の答えに、僕はキョトンとしてしまう。

「精進料理？　温泉と何か関係あるんですか？」

すると先輩は、スマートフォンを取り出すと、何か検索して、僕に画面を向けた。

「この『元湯　古泉閣《こせんかく》』ちゅう古い温泉宿に、昔から精進料理の料亭があってな。ガキの頃、祖母や両親と行ったことがあるんや。精進料理と温泉がセットになっとって、飯食うてから温泉入って帰った記憶がある」

「へええ。そこで気に入ったんですか？　精進料理が好きな子供って、渋いな」

すると先輩は、苦笑いでかぶりを振った。

「いや、当時は全然興味あれへんかったけどな。こないだ、そこの料亭がリニューアルしたらしくて、ネットにそのニュースが流れてきたんや。それを見て、急に懐かしゅうなってな。今やったら、祖母やら母親やらが旨い旨いて言うてたもんの味も、わかるん違うかと」

「ああ、なるほど。精進料理って、オトナの味っぽいですもんね。僕も食べたことないから、ちょっと興味あります。宿坊とかで出てくる感じのやつですか？」

「いや、もっと小綺麗やった気がするんやけど、正直、なんも覚えてへん」

「あはは、子供には高尚すぎますよね。そっか、精進料理と温泉！　なんか斬新な組み合わせだなあ。僕も興味出てきました」

「せやろ。何やったら、お前の小説のネタにもなるん違うか？　ご当地もの、続編書いてるんやろ？」

僕は照れながら頷く。

「はい。正直、ネタに苦労してるんで、その手の経験、大歓迎です。喜んでご一緒しますよ」

「そうか。ほな、土曜に行くか。運転と財布は任しとけ」

「やった！　つか、僕、自分の分は払いますって」

僕はそう言ったが、先輩は鷹揚《おうよう》に首を横に振った。

「いや、付き合わせるんは俺やから、奢らせろ。っちゅうか、先輩風を吹かしたいんや」

先輩はいつもそんな風に言ってくれる。たぶん、今回も僕の家事労働への労いなんだろう。もしかしたら、本当に「先輩風」も多少含まれているのかもしれないけれど。

とにかく、断るとむしろ先輩を困らせてしまいそうなので、ありがたくそのオファーを受けることにして、僕は「じゃ、ゴチになります」と頭を下げた。

　そしてその週の土曜日、午前十一時過ぎ、近所のタイムズで借りた自動車に乗り込み、僕たちは先輩の運転で有馬温泉に向かった。

　僕はてっきり、有馬温泉は芦屋市かと思っていたら、どうやら神戸市北区になるらしい。山間の住所は、芦屋市と西宮《にしのみや》市と神戸市が入り交じって、よくわからない。芦屋市内を北向きに突き抜けると、山道に差し掛かる。いわゆる六甲山を目指す道だ。途中、立派な料金所があり、そこから有馬の近くまでは有料道路となる。

　道幅は広く、きちんと舗装されているものの、山道だけに、どうしてもグネグネした道が続く。それなのに窓の外を一生懸命眺めていたせいで、僕は軽く車に酔ってしまった。

　おかげで、先輩が「ここは関西有数の怪奇スポットなんやで」と教えてくれた長い長いトンネルを楽しむ余裕がなくて、とても残念だった。

　先輩いわく、「このトンネルにまつわる怪談は色々あるんやけどな。いちばん斬新なんは、深夜に車でここを走っとったら、背後から巨大な豆腐が走ってきて、猛スピードで追い抜いていくっちゅう話や」なんだそうで、怖いというより、むしろ巨大な豆腐が走ってくるところを見たかった。

　その場合の豆腐は、絹ごしはさすがにやばそうなので、木綿か焼きだろうか。

　いや、そもそも豆腐が走るって、どうやって……？

　そんなことをぼんやり考えているうちに、車は再び現れた料金所を過ぎ、いよいよ有馬温泉に近づいた。道も随分大人しくなって、車酔いも治まってくる。

しかし、イメージしていた温泉街が姿を現す前に、先輩は「ここや」とハンドルを切った。どうやら、目指す「元湯　古泉閣」は、いわゆる温泉街のメインストリートから少し離れた場所にあるようだ。

駐車場に車を停めて向かった目的地、精進料理の料亭である「慶月《けいげつ》」は、旅館の離れで、なかなか趣のある日本建築だった。

週末ということもあり、店内はけっこう賑わっていた。女性客が多いと思いきや、客層は色々だ。家族連れの中にはやっぱり退屈そうな顔をしている子がいて、かつての先輩もあんな顔をして座っていたのだろうかと、僕は少し可笑しくなった。

その「慶月」の座敷席で、僕たちは「ふるまい精進」というコース料理を食べた。

どうしてそうなのかはよくわからないけれど、この店の精進料理は、飛騨高山《ひだたかやま》にルーツがあるらしい。けっこう歴史のある格式の高い料理なんだそうで、食材も、飛騨高山から取り寄せているものが多いと、店員さんが教えてくれた。

確かに、塗りのお膳や食器はどれも上品で綺麗なものばかりで、料理も、精進料理だから質素、という僕のイメージとは全然違っていた。

確かに肉や魚は使われていないけれど、そんなことを思い出さないくらい、彩りが綺麗で、味もバラエティに富んでいる。過美ではないけれど、しっかり豪華だ。

精進料理の店でもお酒はちゃんとあって、僕たちは有馬ビールで乾杯した。

有馬ビールは、スッキリしていながらもなかなか攻めた味で、苦みがちょっと強い。でも、先付で出された胡麻《ごま》豆腐のまったりした甘さが、ビールのおかげでずいぶん引き立てられたように思う。

色々食べたせいで全部は覚えていないものの、印象に残っているのは、最初のほうに出された「生盛膾《いけもりなます》」と「お凌《しの》ぎの蕎麦《そば》」だ。

膾のほうは、小振りで赤い塗りの器に、色とりどりの食材が盛りつけられていた。勿論、全部野菜だ。こんにゃくや、大根の剣や、岩茸《いわたけ》や、胡瓜《きゅうり》、芋茎《いもがら》、わらび……素材が色々あり、彩りも驚くほど鮮やかで、まるで絵のようだった。

そうした食材と、中央にふんわり盛られた豆腐のクリームを混ぜ合わせて食べる。

豆腐のクリームというのは、僕が勝手にそう呼んでいるだけで、たぶんちゃんとした名前があるんだと思う。豆腐を裏ごしして、軽い酸味とまろやかな塩味をつけてある。白和《しらあ》えの衣をもっと滑らかにした感じだ。

それぞれは淡い素材の味が複雑に絡み合って、何とも不思議な美味しさだった。

そして蕎麦は、ほんのちょっぴりなことだけが残念な、歯ごたえのある手打ちの二八蕎麦で、とても風味がよかった。

「あれやな、精進料理っちゅうんは、意外と油を使うから腹が膨れるんやな」

ゆっくり時間をかけた食事の後、源泉掛け流しだという岩風呂に浸《つ》かりながら、先輩はそんなことを言った。

温泉は、「金泉」と呼ばれる、鉄分の多いお湯だ。

金色というよりは茶褐色のお湯に鼻を近づけてみたら、確かに湯気が金臭い。チロリと舐《な》めてみると、驚くほどしょっぱかった。

温泉にもそこそこ人がいて、はしゃぐ子供の声が飛び交っている。

静寂の中、ゆったりのんびり……という感じではないものの、それでも湯気を通して差し込む光の中、先輩とふたり並んでお湯に浸かり、ゴツゴツした岩壁にもたれていると、野趣という言葉を実感する。

豊臣秀吉が入ったのも、こんな温泉だったのかもしれない。

「あー、気持ちいい」

熱めのお湯なので、あまり長く入っていられそうにないが、リフレッシュしたという感慨はその分強い。思わず、実感のこもった声が出た。

「ほんまやな」

先輩も目を細めてそう言った後、広い岩風呂の中を見回した。

「大昔、家族と来たときも、こんなやったかな。あんまし覚えてへんのやけど」

「興味なかったんですかね」

「そうやろな。精進料理も、なんや思うてたんと違ったわ」

「どんな風に？」

「地味な、味気ないもんを食わされた気がしとったんやけど、色合い的にはむしろ派手なくらいやったし、味付けも、普通の日本料理と変わらん感じやった」

僕も、手で軽くお湯を掻《か》きながら同意した。

「確かに。凄く美味しかったし、満足度高かったですよね」

「なあ。……祖母や母親も、俺に旨いもん食わしたろと思ってくれたんやろにな。祖母にはもう言われんけど、母親には、今度、礼を……ああいや、今度は俺が連れてきたったらええんか」

「ですよ！　今日はその予行演習ってことで」

「そやな」

先輩は笑って頷くと、こんなことを言い出した。

「風呂から上がったら、帰る前に煎餅買いに行くぞ」

僕は驚いて訊き返した。

「煎餅？　珍しいなあ。先輩なら、温泉饅頭って言うかと」

だが、遠峯先輩は、男前な顔できっぱりと言った。

「饅頭もええけど、有馬に来たら炭酸煎餅を買わな」

「炭酸煎餅……っていうと、食べたことあるような気もするけど。甘いやつでしたっけ？」

「そや。薄うてパリパリッとした、軽い煎餅や。ちょっとカラメルっぽい甘さがあって」

「あー、そうそう！　子供の頃に食べました！　ちょっとほっとくと、湿気《しけ》てシナシナになっちゃって切ない奴」

「湿気させるほど置いといたことはあれへんけどな」

先輩は呆れ顔でそう言うと、金泉を両手で掬って匂いを嗅ぎながら言った。

「これが冬やったら、それに加えてちょっと足延ばして、三田《さんだ》のほうまで羊羹《ようかん》を買いに行くんやけどなあ」

また、不思議なことを言い始めた。僕は、思わず首を捻る。

「わざわざ羊羹を？　羊羹なら、いつでもどこにでも売ってるでしょ」

だが、先輩は自信満々で言い返してくる。

「アホ。作りたての旨い丁稚《でっち》羊羹を食うたことがないんやろ。可哀想《かわいそう》なやっちゃな」

「ええぇ？　そこまで言われちゃうような、凄い奴なんですか？　有名店？」

「いや、たぶん、知る人ぞ知るって感じと違うか。三田へ行く手前の道場《どうじょう》駅の近くにな、古川《ふるかわ》製菓っちゅう、小さい店があるんや。ほとんど民家みたいな店やけどな、そこの丁稚羊羹が、俺史上最高の羊羹や」

「そんなに？　丁稚羊羹って、笹《ささ》に包んで蒸した、もっちもちした奴でしょ？」

「丁稚羊羹て書いとっても、お前が言うような丁稚羊羹と全然違う。薄い羊羹が二段重ねで十個ほど入っとってな。瑞々《みずみず》しいて柔らこうて、実質、水羊羹や」

「へえ……丁稚羊羹なのに、実質、水羊羹」

「おう。滑らかで、甘さも控えめでさっぱりしとって、とにかく冬の風呂上がりに最高なんや。ぺろんぺろんしとるけど、水っぽくはないねん。小豆の味はしっかりして、とにかく口当たりがええ」

先輩は、普段わりに淡々と喋るくせに、甘いものを語らせるとやたら熱っぽくテンションが高い。説明を聞いているうちに、僕も猛烈に、その「水羊羹みたいな丁稚羊羹」が食べたくなってしまった。

「先輩、僕とも冬にもっぺん有馬に来ましょうよ。で、帰りに絶対、その美味しい羊羹を買いにいきましょう！」

つい、僕の声にもつられて熱がこもってくる。

「おっ、お前もついに甘党になったか！」

先輩はやけに嬉しそうな顔でそう言うと、「あかん、限界や」と勢いよく立ち上がった。そして、若干のぼせた赤い顔で、「とりあえずコーヒー牛乳、その後で生ビール飲もうや」と言い残し、脱衣所へと向かう。

「僕は逆がいいです……。いや、この場合は生ビールだけでいいです」

先輩の背中に向かってそう呟きつつ、僕は、甘党への道はまだまだ遠いな……と、鼻の下までしょっぱいお湯に浸かったのだった。

七月

仕事から帰ったら、Tシャツとイージーパンツ姿の白石がダイニングテーブルに向かっていた。

それ自体はもはや見慣れた光景だが、いつもと違うのは、彼の前にあるのがノートパソコンではなく、平べったい段ボール箱であることだ。

「帰ったで」

何やら一心不乱に手を動かしていた白石は、声をかけるまで、俺が帰って来たことに気付いていなかったらしい。

驚いた猫のようにビクッとした彼は、すぐに笑顔になって俺の顔を見上げた。

「あっ、先輩。お帰りなさい！　これ、見てください。今、届いたところなんですよ」

白石は、箱を指さして嬉しそうにそう言う。

「何が届いたんや？」

俺はショルダーバッグを下に置き、テーブルに歩み寄った。箱の中には半透明のポリ袋が敷かれ、その中に何やら緑色の棒状の物体がぎっしり詰まっている。

「凄いでしょ」

「みっしりっちゅう意味やったら凄いけど、何なんや、これ。野菜か？」

「じゃーん！　ヤングコーン」

白石は、シンプルに答えて、手に持ったものを僕のほうにかざしてみせた。

確かに、指二本につままれているのは、ミニチュアのトウモロコシのような形状の黄色い物体だ。

粒の形状はトウモロコシほどハッキリしていないが、そのルックスには確かに見覚えがある。

俺は、ポンと手を打った。

「八宝菜に入っとるやつか！　ベビーコーンっちゅう名前かと思うとった」

「ベビーコーンとヤングコーンは同じものですよ。どっちも、早採りのトウモロコシです」

「へえ。単純に早採りなんか。そやけど、そないに早う採ってしもたら、せっかく立派なトウモロコシになれるはずやったのに可哀想やな」

「可哀想って。先輩、変なとこで優しいなあ」

白石は、笑いながら、まさにトウモロコシのミニチュア状のものを一本手に取った。

「これ、全部、間引いたトウモロコシなんですって」

「間引き？」

「実があんまりいくつもできると、栄養が分散されちゃうから、必要な分だけ残して、後は摘み取るんだそうです」

「なるほどなあ。それで間引きか。何でこんなもんが、大量にうちにあるんや」

「いただいたんですよ、読者さんから」

そう言って、白石はちょっと照れたように笑い、こう付け加えた。

「昔から僕の小説を読んでくれてる人が、農家のお嬢さんなんです。僕がトウモロコシ好きだってSNSで言ったから、ご自宅で作ってるヤングコーンを食べさせたいと思ってくれたみたいです。編集部経由で、今日、送られてきました」

俺は感心して、白石の童顔と整然と箱詰めされたベビー……いや、くれた人に敬意を表してヤングコーンと呼ぼう……を交互に見た。

「ありがたいこっちゃな。それに俺もお相伴させてもらえるっちゅうわけか」

「ですです」

白石は笑いながら、さくさくと手際よく皮をむしった。淡い緑色の葉に包まれた小さなコーンは、まるでかぐや姫みたいで愛らしい。

そんな素直な印象を口にすると、白石は、まさに「鳩が豆鉄砲を食ったよう」な顔をしたと思ったら、次の瞬間、盛大に噴き出した。

「なんやねん」

「だ、だって先輩、そんな乙女な……ぶはははははは」

「乙女て……」

「乙女じゃないですか！　ヤングコーンを見てかぐや姫とか、そうそう出てこないたとえですよ。あー可愛い。今度、うちのキャラの誰かに言わせよう」

「そこは、ブログと違うんか。『うちの先輩が』ってよう全世界に向けてしょーもないことをチクッとるやないか」

「あはは。今のはブログには勿体ないネタなんで、大事に取っておきます。そうだ、忘れないようにメモしとこ」

白石は席を立つと、本当にネタ帳を取りに二階へ行ってしまう。

「なんでや。普通に見えるやないか、かぐや姫に」

取り残された俺は、ブツクサ言いながらヤングコーンを一本取り、皮を剝いてみた。

青い草の匂いに交じって、確かにトウモロコシの香ばしい匂いが嗅ぎ取れる。

「なるほどなあ。間違いなくトウモロコシの子供や」

何の気なしに手を出した作業だが、やってみると妙に楽しい。

俺はさっきまで白石が座っていた椅子に腰掛けると、新しい玩具《おもちゃ》を貰った子供のようなテンションで、箱に手を突っ込んだ。

当然の流れだが、その日の夕食は、二人がかりで皮を剝いたヤングコーン尽くしだった。

ヤングコーンの天ぷら、ヤングコーン入りの肉野菜炒め、そしてヤングコーンの混ぜご飯。

特に、混ぜご飯は絶品だった。自分で作るつもりもない癖に、二度目のお代わりをしたとき、思わず作り方を聞いてしまったほどだ。

「簡単ですよ。輪切りにしたヤングコーンをこんがり炒めてからバター醬油で濃い目に味付けして、炊きたてのご飯に混ぜるだけ」

白石は、何でもないという様子で、簡単に説明してくれた。

なるほど、言われてみればそういう味だ。少しジャンクなのが、またいい。

そう言うと、白石は「じゃ、『先輩絶賛の！』って、今日の料理ブログに書いちゃいますね」と嬉しそうに笑った。

恐ろしいことだが、何故かドカ飯の後には、ちょっと甘いものを摘まみたくなる。

風呂に入って腹が少しこなれると、なおさらだ。

そしてそれは俺だけでなく、白石も同様だったらしい。

「コーヒーでも飲んじゃったりします？」

そんな白石の誘い文句に応えて、俺は冷蔵庫から、自分が仕事帰りに買ってきた洋菓子の紙箱を取りだし、ほどよくエアコンが効いたリビングルームへ持って行った。

ほどなく白石が、大ぶりのグラスにアイスコーヒーを注いで運んでくる。

「今日は、どっかよそへ行ってたんですか？」

「午後から、三ノ宮駅近くの眼科医院の代診やってたん」

「だいしん？」

「代わりに診察するっちゅうことや。そこの医院を経営しとるんが、うちのＯＧやねん。親父《おやじ》さんが急死して、引き継ぎはった」

「あー、なるほど。でも、どうして代診なんて？」

「その先輩、去年、シングルマザーになったばっかしでな。赤ん坊の具合が悪い日ぃも、本人の調子が悪い日ぃもあるやろ。そやから、頼まれたら、誰か都合のつく人間が行くことになっとるねん」

「うわあ、子供と生活、両方背負ってるのか。そりゃ大変だ。でも、急に代理を頼まれるほうも、やりくりが大変じゃないです？」

「そこそこ大変やけど、ママさんはもっと大変やろから。色々世話になった先輩やし、そうやって恩返しできるんはありがたいわな」

「そりゃそうだ。はー、シングルマザーか。考えただけで、っていうか、僕なんかが想像しきれないほど大変なことがいっぱいあるんだろうなあ……」

しみじみと呟きながらも、白石はワクワクした顔で、俺が薄い紙箱を開けるのを見ている。

「あっ、わかった！　それで、先輩に差し入れを買っていったんですね？」

俺はちょっと照れつつ、肯定する。

「おう。前から気になっとった店やったから、時間もあったし、ちょい足を延ばして北野《きたの》の店まで行ってみたんや。これやったら片手で摑《つか》んで齧れるし、ひょいと置けるから、赤ん坊を抱いたままでも食えるやろと思うて」

「なるほどー！　さすが医者の視点。で、自宅の分まで買って帰ってきたと」

「他人様《ひとさま》に差し上げたもんを、試食せんわけにはいかんやろ」

まあ、自分も食べたかったというのが購入理由の七割なのだが、格好をつけてそう弁解した俺を「はいはい」といなし、白石は箱の中を覗き込んだ。

「わ、すっごい。ケーキ……じゃないな。何です？」

「ワッフルや」

俺は短く答えた。

立ち寄ったのは、「神戸北野ワッフルパウエル」という、店名で取り扱う商品おおむねがわかる仕様になっている店だ。ただし、店舗は北野ではなく元町《もとまち》にあるらしい。

丸く焼き上げたワッフルを半分にカットし、色々なフィリングをクルリと巻くように挟んで個包装してある。趣としては、ケーキとクレープの中間といったところだろうか。

ひとり二つずつのつもりで四つ買ってきたが、一つがけっこうなボリュームなので、甘党の俺でも、一度に二つはきつそうだ。

「どれにする？」

実は目当てのものは決まっていたが、ここは年長者の余裕を見せて、白石に第一選択権を譲る。

こういうときまったく遠慮しない白石は、ニッコリして「これ！」と、箱の中から一つを無造作に選び出した。

「あ」

思わず、間の抜けた声が出る。

白石の手の中にあったのは、俺が食べたいと密かに思っていたものだったのだ。

それにすぐ気付いた白石は、いかにも一応という雰囲気で、「これがよかったです？」と訊いてくれた。

「いや、ええよ。なんぼ生き方が奇抜なお前でも、スイーツはスタンダードなもんがええんやな。ちょと意外やった」

「あははは、言われてみれば。でも、生クリームとカスタードと苺は鉄板でしょ。ええと、これは何て名前でしたっけ？」

箱に同封されていた小さなチラシを見ながら、俺は答える。

「神戸元町いちご」

「で、先輩が今取った、ワッフルとカスタードが両方チョコっぽいやつが……」

「プレミアムベルギーチョコ」

「そこはご当地ネームじゃないのか！」

白石は笑いながら、箱に残ったあと二つのワッフルを見た。

「あとは……」

「チョコバナナとラムレーズンやな。今は食わへんやろ？」

「ちょっと無理。明日の朝飯ですね。じゃあ、そっちは先輩が先に選んでください。どっちにします？」

「チョコバナナ」

「と、取られた〜」

「なんや、それやったら、神戸元町いちごとチョコバナナを二つずつ買うてくればよかったんやな」

「次はそうしましょう。じゃ、いただきまーす！」

白石は透明の包装フィルムを剝がし、円錐形《えんすいけい》のワッフルの、たっぷりクリームが詰まったほうに齧り付いた。

「うん、美味しい！」

「そらよかった」

俺も、白石に倣ってワッフルを一口、食べてみた。

ふんわりした食感を予想していたのだが、どちらかといえば、もっちりした感じの、ある程度の弾力がある歯触りだ。生地自体がほんのり甘いが、クリームやカスタードの甘さが控えめなので、決してくどくはない。

これは、一つだけの苺を食べるタイミングが問われそうなスイーツだ……などと思っていたら、最初の一口で苺を口に入れた白石は、満足げに大口でもぐもぐしていた。

「思いきりのええやっちゃな。そういうところは、見習いたいような、そうでもないような」

「はい?」

「いや、何でもあらへん。それより」

「何です?」

俺は、ふと思い出したことを口にしてみた。

「お前、もうじき誕生日やろ」

白石は、まだワッフルを頬張ったまま、驚いた顔で軽くのけぞった。

「今年も、ちゃんと覚えてくれてた!」

「当たり前や。七夕の翌日。よう忘れんわ」

アイスコーヒーで口の中のワッフルを喉に流し込み、白石はニコニコ顔で言った。

「去年は、爆裂豪華中華料理に連れてってくれましたよね！　僕もちゃんと覚えてます」

神戸の老舗、第一楼《だいいちろう》で食べた中華料理のコースのあまりの旨さを思い出し、俺も相好を崩した。

「そやったな。今年も、あそこがええんやったらそれでも……」

「や、今年はお祝いしてくれるんなら、これをお願いしようって決めてたことがあって」

「こと？　店やのうてか？」

「ことです」

訝しむ俺に、白石はちょっと悪い顔で笑ってこう言った。

「僕が今書いてる原稿に、協力してくれません？」

意外な申し出に、俺は齧りかけのワッフルを持ったまま首を捻る。

「どういうこっちゃ？　誕生日祝いの話やぞ？」

白石は、涼しい顔で頷く。

「はい。誕プレに、取材協力をお願いしたいんですよ」

「どういう協力や？　医者でも出てくるんか？　病院見学は、さすがに無理やぞ」

「そういうんじゃないです。あ、いや、お医者さんが登場するときには、勿論協力してほしいですけど、今回はそうじゃなくて、彼氏役です」

「……は？　誰の？」

「先輩が誰かの彼氏になるんじゃなくて、今、先輩に協力してほしいキャラクターが、『彼氏』なんです」

「ほー……？」

さらに頭の傾斜角を大きくする俺に、白石はワッフルを旨そうに齧りながら要領を得ない説明を加えた。

「実家育ちで、ひとり暮らししてからは買ってきたものや外食ばかりで食事を済ませてきた『彼氏』が、恋人の誕生日に頑張って振る舞う手料理っていうやつを考えなきゃいけないんですけど、僕はほら、料理できちゃうんで」

ようやく、話が見えてきた。

「つまり、料理がからっきしの男が慣れへん手料理を作る絵が欲しいんやな？」

「ですです。僕を彼女さんだと思って、心をこめてお祝いの料理をお願いします」

「で、それをお前が原稿のネタにすると」

「はい。世界でただひとり、先輩にしか頼めない、最ッ高の誕プレなんで！」

「……お前を彼女やと思うて、必死で作れと」

「そうそう。僕を喜ばせる、というか、女子向けってことでもいいんですけど、とにかくバースデーでセレブレーションな感じでひとつ」

「バースデーでセレブレーション」

「バースデーでセレブレーションでコングラッチュレーションです」

「さっぱりわからんけどわかった」

　これ以上説明を聞いても混迷の度を深めるばかりだという予感がありすぎたので、俺はそう言って強引に話を切り上げた。

「わかってくれました？」

「何しか、お前の誕生日に俺がご馳走を作ればええわけやな」

　白石はワクワクした顔つきで頷く。

「はい！　ケーキはまあ、買ってきたのでもいいです。ご馳走も、高価な食材とかじゃなくてもいいんで、誠意とラブを込めてください、あ、僕あてじゃなく、仮想恋人あてに」

「……おう」

「よろしくお願いします！　うわー、すっげー楽しみ」

　お菓子を詰めた箱を貰った子供のような顔で笑った白石は、半分ほど残っていたワッフルを思い切りよく口に押し込んだ……。


　そんなわけで、白石の誕生日……は、平日なので買ってきたケーキだけで勘弁してもらい、その直後の土曜日の夜、いよいよ、俺は奴に誕生日プレゼントの手料理を振る舞うことになった。

幸い、便利な世の中と言うべきか、インターネットで「誕生日　手作り　ディナー　初心者　短時間　簡単　レシピ」と打ち込んで検索してみると、数限りない料理の写真やそのレシピが出てくる。

無論、作り手はプロのシェフから小学生まで多岐にわたるわけだが、仕事の合間にあれこれ眺めているだけでも、ずいぶん楽しめた。

白石のリクエストを受けたときには困惑しかなかったが、実際、作れそうなレシピもちょくちょく目につく。

子供向けに「包丁を使わない」「火を使わない」ように工夫されたレシピも多く、それなのにけっこう見栄えのする写真が添えられていて、感心することも多かった。

とはいえ、さすがに恋人のために成人男子が作るディナーが、子供向けのレシピでは具合が悪いだろう。

やはりここは、白石曰くの「誠意とラブ」を込め、少し難しめの、とはいえそうそう失敗しない、あるいは失敗してもどうにか食べられそうな料理に挑戦するのが、本来の目的に合致する選択に違いない。

そう考えて、俺は念入りにレシピを選び、まずは昼過ぎ、買い物に出掛けるところから仕事を始めた。

いつものように、特に週末など関係なくダイニングテーブルにノートパソコンを持ち出し、執筆中だった白石は、「何か手伝いましょうか？」と言ったが、そこは丁重に断った。

今日の白石は、俺の「仮想彼女」という設定なので、徹底的にそれを守ることにしたのである。

「夕食に呼ぶまで、俺はいないものと思ってくれ」と白石に言い渡し、俺は買い物に出た。

二時間ほどして帰宅すると、白石の姿が消えていた。

さっきノートパソコンがあったダイニングテーブルには、メモが一枚残されていた。

「何も知らないほうが楽しみと驚きが大きくなりそうなので、ちょっと映画でも見てきます。午後六時くらいに戻りますね！」と、お世辞にも綺麗とは言えない字体で走り書きしてある。

「六時には、まあ仕上がるだろう」

そう呟くと、俺はメモをテーブルに戻し、いかりスーパーで買い込んできた食材あれこれを紙袋から取り出し、テーブルに並べ始めた……。

そして午後六時過ぎ。

「ただいま帰りました～！」

元気よくそう言いながらダイニングに入ってきた白石は、テーブルを見るなり「わあ！」と声を弾ませた。

「先輩、すっごい！」

キッチンでまだ調理中の俺は、振り返って白石の「キラキラ」という形容詞がピッタリの顔を見て言った。

「もう、支度できとるから、すぐ祝いのディナーにするぞ。はよ手ぇ洗ってこい」

「かしこまり！」

白石は文字どおり全速力で洗面所に向かう。

「ツカミはオッケーやな」

俺は、チラと背後のテーブルを見て、ほくそ笑んだ。

いつもはテーブルの上には何も敷かないのだが、今夜は、祖母がかつて使っていた刺繍《ししゅう》入りの可愛らしいテーブルクロスを敷いた。

よく見れば、刺繍のモチーフはツリーとリースで思いきりクリスマス仕様なのだが、この際、目をつぶることにする。何となれば、クリスマスの頃にもう一度出して使えばいいのだ。

さらに、これもやはり祖母のものらしいシンプルなガラス製のキャンドルホルダーがテーブルクロスと同じ引き出しに入っていたので、それもありがたく使わせてもらうことにした。

いかにも北欧デザインの円筒形のキャンドルホルダーは透明で緑がかっており、ますますクリスマスっぽいが、もうそこは諦める。

何にせよ、白いテーブルクロスとキャンドルのおかげで、いつものテーブルが「セレブレーションでコングラッチュレーション」な感じになっている、ような気がする。

「俺の本気は、まだまだこんなもん違うぞ」

そう呟いて、俺は急いで料理の仕上げにかかった。

「うわあ……先輩、滅茶苦茶張り切りましたね！」

しばらくの後、Tシャツとハーフパンツに着替えて戻ってきた白石は、呆然として卓上を見回している。

ふふふ。しめしめだ。

俺は得意満面で、さっきまで冷蔵庫で冷やしてあったスパークリングワインの栓を抜いた。

「どや？　仮想彼女のために張り切った設定で、作ってみたで」

「すっげー。先輩、料理なんて、これまでほとんどしない派だったんでしょ？」

「おおむね、レンジでチンくらいやな」

「それでこれだけやれちゃうんですか？　僕、初心者舐めてたかも。ちょっと、認識を改めなきゃ」

感心しきりの白石と自分の前に置いた細身のワイングラスに、そこそこ張り込んだスパークリングワインを気前よく注ぐ。

本当は今年も豪華な食事を奢ってやろうと思ったのに、手料理で安くあがってしまったので、いい酒を買ってみたのだ。

「ええから、まずは乾杯しよか」

「あっ、はい！」

「旨いかどうかは食うてみんとわからんけど、出来る限りは頑張った。誕生日おめでとうさん」

「あざます！　仮想彼氏、お疲れ様でした！」

「ほんまに疲れたわ」

俺たちは乾杯して、まずは喉を潤した。

今日も暑い一日だったので、よく冷やしたスパークリングワインが軽くはじけながら喉を流れ落ちる感じが心地よい。

俺は酒の味は正直さほどわからないが、店員に相談して勧めてもらった「食事に合いそうなスパークリングワイン」は、なるほどさっぱりしていて癖がない。後味もスッキリして、イヤミのない酒だ。

「どれから食べようかな。っていうか、いいですね、このメニュー。全部並べておけるから、テーブルとキッチンを行き来する人が出てこないっていうか、落ちついて一緒に楽しめるっていうか」

白石はワイングラスを置くと、嬉しそうにテーブルの上を再び見渡した。

俺がネットでレシピを選ぶときに気をつけたのも、そこだった。

実家であらたまった食事をするときは、いつも母親がひとりでキッチンとダイニングを往復していて、何だか気の毒な、申し訳ないような気がしたからだ。

白石と二人だけの食卓なのだから、俺がバタバタしていては白石も気になるだろう。だから、いささか無精かもしれないが、一切合切を一気にテーブルに並べてしまうことにした。

サラダは、シーザーサラダ用のミックス野菜の上に、厚切りベーコンを切って炒めただけのものと、四等分にした半熟と固ゆでの中間くらいのゆで卵、プチトマト、市販品の大きなクルトンをまんべんなく散らし、これまた市販のシーザーサラダ用のドレッシングをかけたもの。

次に、本当はフライドチキンを作りたかったが、揚げ物はあまりにもハードルが高かったので、鶏《とり》の手羽元にハーブソルトをかけて焼いたものを用意した。

それから、牛ももの塊肉に塩胡椒《こしょう》とガーリックパウダーをすり込んでフライパンで焼き付け、そこに醤油とみりんベースの調味料を入れて煮立て、余熱で火を通すという、実に初心者に優しい方法で作った和風ローストビーフも、二つ目の肉料理として作った。

これはできるだけ薄くスライスして皿に並べ、煮詰めた調味料をソースとしてかければ、我ながら驚くほど見栄えがするのでなかなかいい料理だ。

あとは魚料理だが、やはり魚の調理は、初心者の俺にはいささか難しい。

そこで、ネットの料理サイトで見かけて、あまりの美しさに感動した料理にトライしてみることにした。

海鮮ちらし寿司《ずし》だ。

普通に三合飯を炊いて、市販の合わせ酢で寿司飯を作り、冷ましておく。

次いで、戸棚の中に見つけた、ゼリーかババロアでも作る用であろう大きなリング型の内側に、ごく薄く食用油を塗る。そしてそこに、買ってきた色々な刺身を隙間なく並べていく。

その際、色の取り合わせに、調理人のセンスが出ようというものだ。とはいえ、刺身の色は、白やオレンジ、それに赤系なので、どう並べてもそれなりの感じには落ちついてくれる。

その上から寿司飯をしっかり詰め込み、皿の上に引っ繰り返せば、いわゆる「寿司ケーキ」の完成だ。

それだけでも十分綺麗だが、さらに細かいさいの目切りにした胡瓜やいくら、とびこ、小さく切った甘エビ、厚焼き玉子などを散らせば、実に見栄えのするメインディッシュが仕上がるのだから、世の料理好きたちのアイデアには舌を巻くばかりだ。

「食べ……あっ、そうだ、取材取材！」

危ういところで我に返って箸を置き、白石はスマートフォンで料理の写真を撮りまくる。

それが終わってから、俺たちは互いの取り皿に思い思いに料理を取り、食べ始めた。

白石は、驚くほどの勢いですべての料理を味わい、実にストレートに褒めてくれた。

「美味しい！　先輩、これ、ホントに彼女が出来たら、作ってあげるといいですよ。絶対感動するもん」

「そうか？　どれも、味付けは市販品の力を借りたもんばっかりやぞ」

さすがに照れて正直に告白したが、白石は少しも意に介さず、やけに強い口調で言い返してきた。

「それは別にいいですよ。っていうか、意地でも不味《まず》くしないっていう強い意志を感じて、むしろ好感度アップです」

「そういうもんか？」

「少なくとも、僕は。意地を張って一から十まで自分でやろうとしてキャパオーバーになるよりは、人類の集合知であるメーカー品で味付けって正しいと思いますよ」

「集合知って、お前。えらい賢い言葉を知っとるな」

「僕、一応、作家ですからね」

胸を張ってそう言いながら、白石は旨そうにチキンを手づかみで頬張った。

「これ、マジで旨いな。皮がパリパリに焼けてるし、味付けが……クレイジーソルト？」

「アタリや。やっぱしわかるか」

「最高のチョイスじゃないですか。このアイデア、僕も貰おう。ちらし寿司もいいなあ。こういうの、インスタ映えとか言うんでしょ？」

「やってへんから知らんけど」

「僕も知りませんけど、綺麗だなあ。これ、絶対、作中でキャラクターに作ってもらおう。いや、今日の料理、全部作ってもらおう」

白石の言葉に、俺は慌てて言った。

「おいおい、俺はネットのレシピをまるっともろてきただけやから、お前が小説に書くときは、ちょっとは捻れや？」

白石は屈託のない笑顔で頷く。

「そこは、ちゃんとやります。パクリになると困るんで」

「そやったらええけど。まあ、喜んでもらえてよかった。ええ小説、書けそうか？」

「書けます！　つか、書きますよ！」

珍しくキッパリそう言い切って、白石は鶏の脂がついた指をペロリと舐めた。

調子に乗ってもう一本白ワインを開け、あらかた料理を食べ尽くし、俺たちはすっかり満ち足りた気持ちで箸を置いた。

「はー、腹いっぱい。どれもすっげー旨かったです」

白石は満足そうに、腹を手のひらで軽く叩いてみせた。いったい、さんざん食べたものはどこへ入ったのかと二度見したくなるほど、ぺたんこの腹だ。

だが、やはり「仮想彼氏の、仮想彼女のためのバースデーディナー」を、これだけで終えてしまっては、どうにもしまらない。とはいえ、白石は俺ほど甘党ではないので、甘味よりさらなる酒のほうがいいなら、今夜は奴に合わせてやらねばならない。

そこで俺は、トレイに食器をまとめてテーブルの上を片付けながら、こう切り出してみた。

「ところで、ケーキは誕生日当日に定番のアンリのショートケーキで済ましたけど」

「はい、ちゃんと覚えてますよ」

「そうは言うても、デザートなしっちゅうんも寂しいやろ。そんで、一応、用意してみたんやけど。まだ入るか？」

「マジですか！　食べる！　食べます！」

さっき腹がいっぱいだと言っていたのは誰だったか……と首を捻るくらいの勢いの良さ

で、白石は身を乗り出す。

呆れつつも、自分が作ったものをこうも楽しみにしてくれるというのは、予想以上に嬉しいものだ。

「よっしゃ。ほな、出そか」

勢いをつけて立ち上がったとき、我ながら驚くほど弾んだ声が出てしまった。

冷蔵庫から出してきたのは、ころんとした小振りのグラス二つだ。

「ほい、召し上がれ」

それをスプーンを添えて目の前に置いてやると、白石はアメリカ人もかくやの大きな身振りで驚いてくれた。

「凄い！　これ、ティラミスじゃないですか！」

俺は、慌てて訂正する。

「いやいやいや。これはあくまで、ティラミスっぽいやつや」

「……っぽい？」

「もっと簡単やねん」

「っていうと？」

「濃いインスタントコーヒーを作って、ビスケットにぶっかけたんをグラスの底に敷いて、あとはマスカルポーネチーズと泡立てた生クリームと砂糖を合わせたやつをのっけて、ココアパウダーを振りかけただけや」

「へえ。僕、ティラミスの作り方ってあんまりよく知らないんですけど……」

「本式にやると、卵を使うらしいし、コーヒーもインスタントではないやろ。ビスケットも、もっとちゃんとしたやつがあるん違うか？」

「なるほどなあ。きっと、もっとリッチなんですね。でも、これで十分ですよ。軽くて凄く美味しい。デザートにはピッタリなんじゃないかな。あとでレシピください」

「これも、小説に採用か？」

「手作りデザートってところ、採用です！　敢えてケーキにチャレンジしないところが、身の丈って感じがしていいです」

　褒めてますよ、と付け加えてから、白石は、「あっ、写真撮るの忘れて食べちゃった！」とチロリと舌を出した……。


　ティラミスっぽいデザートと熱いコーヒーでバースデーディナーを無事に終え、俺は意外なほどの達成感に、ダイニングチェアーに座ったまま大きく伸びをした。

「慣れん台所仕事やったけど、存外、楽しめた。料理も悪うないな」

「そうでしょう？　時々作ってくださいよ……って言いたいところですけど、やっぱ、たまにでいいです。いや、年イチで」

白石は、前方を指さす。何げなく振り返った俺は、「あ」と間の抜けた声を出し、赤面した。

「あれ」

「なんでや？」

そうか、ダイニングとキッチンが間続きなので、白石の座っている場所からは、キッチンが丸見えなんだった。

振り返った俺の目にも、食器や鍋やボウルが山積みのシンクが見える。

作るのに必死で、いつもの白石のように、調理と洗い物を同時進行することは、俺にはできなかった。これればかりは、許してほしいところだ。

とはいえ、白石に洗い物の山を見ながら食事をさせてしまったことには、多少胸が痛む。

「……すまん」

だが白石は、笑って首を横に振った。

「いえいえ。むしろ、小説のネタ的には美味しいです！」

「そうなんか？」

「はい。『片付けは一緒にしようよ』って彼女に言わせせられるじゃないですか。それでこそ、ラブでセレブレーションでコングラッチュレーションですよ！」

「……そうなんか」

俺には小説家の考えることはよくわからないが、この上なく嬉しそうな白石の顔を見る限り、今年も誕生日祝いのディナーは大成功だったらしい。

いったい、来年はどんな誕生日祝いをリクエストされることやら。

そう思ったあと、こいつが来年の今日もここにいることをすでに当たり前のように思っている自分が可笑しくて、少し気恥ずかしくて、俺は「ほな、洗いもんは手伝いを期待してええねんな?」とぶっきらぼうに言うなり、キッチンへ向かったのだった。

八月

暑い。

滅茶苦茶暑い。毎日、例外なく暑い。

いや、基本的に家で仕事をする僕がそんな愚痴を吐いたら、毎日通学・出勤する人たちに怒られてしまうかもしれないけれど、それにしたって暑い。

天気予報を見ると、きまって「例年並み」なんてフレーズが出てくるけれど、いったいその「例年」っていつからいつまでだよと、理不尽な悪態をつきたくなる。

最高気温が三十度だと、今日は涼しいな、なんてつい言ってしまうのは、やはり地球の何かがおかしくなっているんじゃないだろうか。

柄にもなく環境問題に思いを馳《は》せてしまう程に、今年の夏はあまりにも暑い。

とはいえ、家主である遠峯先輩が、「起きとるときも寝とるときも、絶対にエアコンを切んなや。タイマーなんか死んでも使うな」と怖い顔で言ってくれたので、家の中ではすこぶる快適に過ごさせてもらっている。

東京に住んでいた頃は、アパートについているエアコンが貧弱過ぎて、まったく役に立

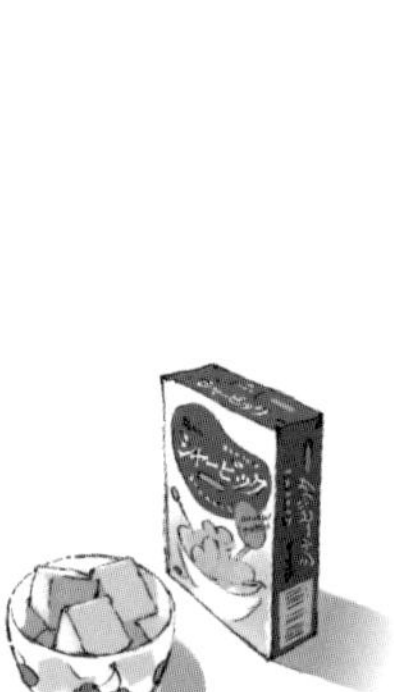

たなかった。しかも、表通りを休みなく車が通るものだから、うるさくて窓を開けておくことができず、閉めきった室内で家電とパソコンが発する熱に耐えていたのだから、いったいどうやって生き延びていたのか、今となっては不思議なくらいだ。

しかし、いくら快適な住まいに暮らしていても、夏が終わるまでずっと家の中で息を殺しているわけにはいかない。

僕の重要な家事タスクである食材の買い出しから戻ると、頭から水を浴びたみたいに汗だくになってしまうし、帽子を被っていても、何だか頭がぼうっとする。

だから帰宅後はいつも、ギリギリ残った気力で食材を冷蔵庫や冷凍庫に収めると、あとは温《ぬる》いシャワーを浴びて、冷たい麦茶を飲んで、しばらくリビングのソファーに転がっているより他はない。

それが、怠惰に日々を過ごしている言い訳なのだが、先輩はいつも真顔で「そらそうやな。買い物お疲れさん」と言ってくれる。

さすが医者、共感力が高い。

でも当の先輩は、ジャケット・ネクタイ・ワイシャツをポロシャツに替えただけで、毎日そこそこきっちりした服装で出勤し、炎天下に他の仕事先へと移動し、朝夕、満員電車に詰め込まれているのだから、僕の千倍、大変なはずなのだ。

いつもシュッとしている先輩も、七月の後半あたりからはさすがにお疲れモードで、週末は寝てばかりいる。

僕ができるサポートといえば、毎日、家を片付けて、夏バテに効きそうな飯を作り、先輩が帰って来る頃までに風呂にお湯を張っておくくらいしかない。

そう言ったら先輩は「嫁か！」と面白そうに笑ってくれたけれど、居候同然の同居人としては、もうちょっと何かしてあげられることはないかなあ……と思う日々だ。

そんな中、お盆を前に、先輩は一週間の夏休みに突入した。

医局の人たちは交代で夏休みを取るので、お盆の時期は、やっぱり家族持ちのドクターに優先権があるんだそうだ。

「俺は別に、夏は里帰りもせえへんし、いつでもええねん。特に何もせえへんしな」と、夕食の席で素麺を啜《すす》りながら、先輩は言った。

僕は、さりげなく先輩の皿に野菜の天ぷらを取り分けながら、相づちを打つ。

ここしばらく食欲のない先輩は、放っておくと素麺だけで食事を終えてしまうので、お節介だけれど、少しくらいは無理矢理食べてもらうことにしているのだ。

素麺も、ごま油で炒めた茄子とか、サラダチキンを裂いたものとか、錦糸卵とか、椎茸《しいたけ》を甘辛く煮たやつとか、ちょこちょこ栄養がありそうな具材を薬味に用意している。

そのあたりの薬味は、余ったら明日、ちらし寿司にリメイクする予定だ。

「揚げもんも、野菜やったら食えるかな」

先輩はちょっと自信なさげながらも、特に拒否することもなく、トウモロコシの小さなかき揚げを選び、そうめんつゆにつけて口に運んだ。

「うう……」

その口から、苦悶《くもん》の呻きのような声が漏れる。僕は慌てて訊ねた。

「駄目でした？」

「うまい。衣がカリッとしとう」

やっぱり呻き声と区別のつかない口調と、たまに出る神戸近郊の人特有の語尾でそう言うと、先輩はさらに人参の天ぷらにも手を伸ばす。

よかった。

僕はホッとして、自分もレンコンの天ぷらを口に放り込んだ。

ありがとう、「昭和」の天ぷら粉、その名も「黄金」。

天ぷら粉をわざわざ買っているなんて言ったら、料理上手な人には「そんなもの、ちゃちゃっと配合すればいいじゃない」と言われてしまいそうだけれど、ただ水で溶くだけで失敗しないという安心感が、僕にはありがたい。

本当に、さくっとかりっと軽くて心地良い歯触りに揚がってくれるので、僕にとってはキッチンにおける心の友のひとつだ。

「レンコンも旨いですよ」

「それは言われんでもわかっとるから、置いてあんねん」

先輩は真顔で返してきた。

そうだった。先輩は、「大好きなものはあとに取っておく」タイプだった。

「じゃ、食べ尽くさないように注意します」

そう言ってから、僕はふとこう訊ねてみた。

「さっき、特に何もしないって言ってましたけど、夏休み、旅行とか行かないんですか？　それか、帰省とか。僕、仕事がありますからここで留守番してますよ？」

すると先輩は、うーんと唸った。今度は若干の苦悶の声だ。

「親が過ごしやすいとこに住んどるのは、息子としては安心なこっちゃけど、よりにもよって札幌《さっぽろ》やからな。行楽シーズンは飛行機が高いねん」

「あー……。涼しそうですもんね、札幌」

「最近ではそうでもない日もあるらしいけどな」

苦笑いでそう言って、先輩はちょっと考えてからこう続けた。

「俺が夏休みにしたいんは、蓄積した疲れを取って、のんびり過ごすことや。旅行は気分転換はなるやろけど、疲労っちゅう観点から言うと、疲れをさらに溜めることになる流れやろ。気が進まんわ」

「それはそうかも」

「せやから、家でええ。家ん中で、ひたすらぐうたらゴロゴロしときたい」

「なるほど。それはまあ、道理ですよね」

「ああ、せやけどお前は、どっか行きたかったら心置きなく旅行行けや？　飯なんかどうにでもするんやし」

先輩は、僕が先輩につきあってずっと家にいることになっては可哀想だと思ってくれたらしい。僕は慌ててその心配を打ち消した。

「大丈夫ですって！　僕はそもそも、夏休みも冬休みも春休みもない職業ですし」

「そうか？」

「そうですよ。あっでも、先輩が家でゴロゴロ過ごすのに僕が邪魔だったら、それこそ旅行でも考えますけど」

するとと先輩は、苦笑いで即座に「アホか」と言ってくれた。

「そら、昔は家の中に他人がおるとか、考えられへんかったけどな。今はもうアレや、お前は家具みたいなもんや」

僕はガクッと肩を落とす。

「ちょ、家族じゃなくて家具なんだ!?」

「家具のほうがようないか？　家族言うたら色々重いやろ」

先輩は、時々、妙に哲学的なことを言い出す。というか、何だか凄く小説で使ってみたくなる台詞《せりふ》だ。僕は思わず席を立ち、固定電話の横に置いてあるメモ帳に先輩が言ったばかりのフレーズを書き留めた。

「何しとんねんな」

「や、あんまりいい言葉だったんで、寝かせておいていつか誰かに言わせようと思って」

「誰か、て」

「僕の小説の登場人物に」

「またか！　ほな、使用料よこさんかい」

勿論、冗談なのは声音でわかるけれど、言われてみれば、言葉を使う職業の人間が、他人様が発した言葉をタダで利用するのは申し訳ないことではある。

そこで僕は、「じゃ、今払いますね」と言って、キッチンへ足を向けた。先輩は、怪訝《けげん》そうな顔で僕の動きを目で追う。

「食いもんでか？」

「食いもんでです。実は今日、デザートを用意してて」

「デザート？　なんや、甘うて冷たいもんやったら、ありがたいな」

「勿論、甘くて冷たいものです。夏だもん」

僕はそう言いながら、冷凍庫から取り出したものを、戸棚に入っていた小さなガラスの器に盛りつけた。

手のひらに収まりがいい、ふっくらとした、側面にサクランボの絵が描かれた可愛い器だ。いわゆる、昭和レトロという風情だろうか。

それを食卓に運ぶと、先輩は、キョトンとした顔をした。

「アイス……か？　えらい四角いな」

「ふふふ、思い出しませんか、このフォルム」

器に五つずつ入っているのは、完璧な立方体ではない、ちょっと断面が台形になる感じの、優しいピンク色をしたサイコロ状の物体だ。

しばらく器を持ってしげしげと中身を眺めていた先輩は、不意に顔を輝かせた。

「製氷トレイで作ったんか！　そんでアレか、シャービック！」

「ご名答～！　さすがにスーパーでは見かけなかったんですけど、ネットで買えたんで、ゲットしちゃいました」

「マジか。二十年以上ぶりくらい違うか」

先輩は呆気《あっけ》にとられた様子で、僕とサイコロ……シャービックを何度も交互に見た。

実は数日前、やっぱり夕食後のデザートに先輩が買ってきたアイスキャンデーを食べながら、夏のおやつの話になった。

ソーダ味の、バーが二本刺さっていて、パキッと割って二人で分ける（そして真ん中の薄い部分の割れ具合に不公平が生じて、ケンカの原因になることが多々ある）アイスキャンデーや、小さくて四角くて、銀色の紙に包まれていたホームランバーや、バニラアイスをコーティングしたチョコレートとびっしりつけたクランチがやけに美味しいチョコバリ……まあ、おおむね昔からある氷菓の話だったわけだけれど、そんな中で、先輩が特に懐かしそうに話してくれたのが、「シャービック」だった。

「この家に遊びに来たら、うちの祖母が決まって出してくれた、夏の定番やった。ようあるパチもんのイチゴ味やねんけど、祖母は水を牛乳に換えて作ってくれたから、優しい味で、シャリッとして、妙に旨うてな。今はもう、ああいうんは売ってへんかもなあ」

僕自身は食べたことがないものの、噂は聞いたことがある。それに、先輩があまりにも懐かしそうに言うものだから、ちょっと食べてみたくなって、調べたのだ。

そうしたら、まだちゃんと売っていたし、値段も実に財布に優しい。それで、先輩の思い出の「いちご味」を、他のものを注文するついでに買ってみたというわけだった。

「ちゃんと牛乳で粉を溶きましたよ。お祖母さんが作ってくれたものと、同じ味だといいんですけど」

「どやろか」

そう言うと、先輩は子供のように嬉しそうな顔をして、指先でひとつ、ヒョイとつまみ上げ、口に入れた。

さっき天ぷらを取り分けた皿は空っぽになっているし、素麺もそこそこ食べていた。もう、デザートタイムに入っても、よしとしよう。

　僕もひとつ、食べてみる。

　なるほど、確かにいちご果汁の存在はまったく感じない、いわゆる「露店のいちご味」だ。でも、牛乳と合わせると、まろやかな味になる。

　ケミカルいちごミルクの味なんていうと全然美味しそうな表現ではないけれど、ちゃんとジャンクに美味しいのだ。

　食感もわりと好みだった。

　アイスクリームとシャーベットの間くらいの食感で、シャリッとしてはいるものの、少しまったりした歯触りもある。

「これが、先輩の思い出の味かあ。ちゃんと、お祖母さんの味、再現できてます？」

「わからん」

「わからんって！　あんだけ懐かしそうに細かく話してくれたのに!?」

「いや、概念としてのシャービックはまさしくこれやねんけどな。味の記憶はおぼろげなんや。せやけど、こんな感じやった気はする」

　概念としてのシャービック。

　今日の先輩の言語センスは物凄い。夏バテで、脳のチャンネルが不思議なところに切り替わってでもいるんだろうか。

僕が感心していると、その沈黙を、気を悪くさせたと理解したのだろう。先輩は少し慌てた様子で、二つ目を口に放り込み、ほっぺたを変形させながらこう言った。

「せやけど、旨いで。夏の間じゅう、冷凍庫に常備しといてほしいくらいや」

僕は笑って請け合った。

「いいですよ。つか、実は五箱セットだったんで、あと最低四回は作らないといけないんですよね。嫌でも、しばらく常備することになりそうです」

「そらよかった。……お礼っちゅうたらなんやけど」

「これくらいのことで、お礼なんかいいですって」

僕は遠慮したが、先輩はかぶりを振って先を続けた。

「いや、親しき仲にも礼儀あり、や。お前にはそうでのうても、毎日飯を作ってもろとるんやから、ちょいちょい返さんとな。人が作ったもんを奢るんで悪いけど」

「そこは、餅は餅屋ってやつです。先輩は美味しい店をたくさん知ってるから、奢り飯は正直嬉しいですけど、ホントにいいんですか?」

「ええよ。俺も夏休みくらいは、昼から外で、軽く呑《の》んでちょっとええもん食うたりしたい。お前も、他人の作ったもんがたまにはええやろ。うちの医局にいるママさんドクターたちが、ようそう言うとう」

「そうって?」

「学食で飯食うて、『他人が作ってくれたと思うだけで美味しいわ〜』て」

「あー。僕は好きで作ってますし、自分の好きな味で食べたいほうなんで、ちっとも苦じゃないけど、何となくわかります、その気持ち。毎日の献立を考えるのが面倒な日も、絶対あるんだろうな」

「そうなんやろな。……明日、実は眼鏡を作りに行こうと思うとるんやけど、何やったら一緒に来えへんか？　ちょっと待たしてまうけど、その後にランチっちゅうことで」

「眼鏡？　先輩、目が悪くなったんですか？」

そう訊ねると、先輩はいやいやとかぶりを振った。

「日常生活に不便はない程度の視力はあるねんけどな。観劇とか映画とか、そういうときには、ちょっとだけ足したい程度の近視なんや」

「あー、なるほど。それで、普段はかけてないんだ。いいですよ、付き合います。僕も、ちょっと気分転換したほうがいい頃合いだし」

「ほな、ちょっと出掛けよか。暑いけど」

「はい。でも、どこへ？」

「元町。わりに気に入っとる眼鏡屋があんねん。品揃えもええけど、調整が上手い人がおるからな。前もそこで、パソコン用の眼鏡を作ってもろた」

「ああ、ブルーライトカットとかいうやつ。あれ、マジで効くんですか？」

「諸説あるけど、ああいうもんは、使ってみて目が楽やったら、それが正解やねん」

先輩はシャービックの最後の一つを頰張りながら、僕の質問にきっぱりと答えた。先輩のそういう実践主義的なところは、高校時代と少しも変わらない。

「僕は眼鏡に縁がないんで、興味あります。取材のつもりでついていきますよ」

「お前は意外とワーカホリックやなあ。ほな、行こか。食いたいもん、考えとけや」

そう言うと先輩は、ちょっと寂しそうに空っぽになったガラスの器を見下ろし、そっと僕のほうに差し出して、「お代わり」と言った。


そんなわけで、翌日の昼過ぎ、僕たちは神戸元町商店街の一番街にある、回転寿司店にいた。

店頭でテイクアウトを扱い、細長いU字形のレーンに沿って座席を並べた、実に小さな店だ。

平日でも、昼時はけっこう混んでいて、僕たちは少し待ち、ようやく並んで席にありついた。

回転寿司のチェーン店でよく見かける注文用のタブレットなどはなく、流れていないネタを注文したいときは、古式ゆかしく、レーンの向こうにいる店員に注文する方式だ。注文表も備え付けられている。

値段も、そういうチェーン店よりは高めのネタが多い。

「何でも好きなもん食えや。とはいえ、ほんまに回転寿司でよかったんか？　寿司がええんやったら、回らん店でも……」

お茶を啜りながら、先輩は何とも微妙な顔で僕を見た。エアコンのよく効いた空間では、熱いお茶が不思議に美味しいので、二人とも飲み物はお茶にしたのだ。

僕は、店員にまぐろの赤身とトロを盛り合わせたセットとサーモン、それに湯引きハモといくらとホタテと赤だしを頼んでから答えた。

「回らないお寿司屋さんなんて、行き慣れてないから肩が凝っちゃいますよ。好きなものを好きなだけ食べられるこっちのほうがいいです」

僕の表情から、遠慮していないことは理解してくれたのだろう。先輩はホッとした様子で、レーンからかっぱ巻をひょいと取った。

「そうか。まあ、俺があんまし食われへんから、こういう店のほうが助かるいうたら助かるなあ」

「でしょ。僕が先輩の分までもりもりいただきますから、心配しないでください」

「おう、任せるわ。存分に食うてくれ」

先輩は苦笑いでそう言うと、かっぱ巻にガリを載せ、口に放り込んだ。変わった食べ方だけれど、さっぱりして食べやすいのかもしれない。

「いい眼鏡、見つかりましたね。よく似合ってました」

レーン越しに手渡されたハモの寿司を受け取り、添えられた梅肉を載せて頬張りながら僕がそう言うと、先輩は満足げに頷いた。

「俺はいつも三つくらいまでは絞れるねんけど、そっから迷うからな。お前がスパッと決めてくれて助かった」

「どれも似合ってましたけど、やっぱ先輩には、セルフレームよりメタルフレームのほうが合う気がしました。それにしたって、眼鏡のセレクトショップって、あんなにたくさんフレームが置いてあるんですね。店に入るなり、眼鏡に包囲された感が凄かったっす」

僕がそう言うと、先輩は可笑しそうに笑った。

「その表現、さすが作家やな。いつか小説に使えや」

「はい。そのための取材ですからね！　あ、ハモ、旨い。やっぱり関西だなあ」

「東京のほうには、あんましないんか？」

「そう一般的じゃないですね。夏はハモ！　みたいな感覚は全然ないです」

「へえ。旨いのになあ……。おっ。『とくれん』がある！　珍しいな」

メニューを眺めていた先輩は、急に声を弾ませた。僕も、思わず声のトーンを上げてしまう。

「えっ、マジですか？　なっつかしいなー！」

「なあ。小学校の給食以来や」

僕たちのテンションを上げた「とくれん」とは、「とくれん　プデナーオレンジ80」というゼリーのことだ。神戸あたりの小学校の給食にたまに登場するオレンジゼリーで、半解凍の状態で食べるのがポピュラーというところが、ちょっと変わっている。

溶けた外側はゼリー、まだ軽く凍った内側はシャーベットの食感で、両方を一度に味わえる、なかなかお得なスイーツなのだ。

「こないなとこで再会できるとはなあ」

先輩は、ついぞ見ないくらいニコニコしてそう言ったが、いくらなんでも、かっぱ巻を食べただけでデザートに移らせるわけにはいかない。

僕は先輩の手からメニューを取り上げると、頑張って最高に厳《いか》めしく、

「駄目です。あと三皿は食べてから！」

と言い渡したのだった。


先輩はその後、どうにか三皿をクリアして「とくれん」にありつき、僕は張り切って十二皿もお寿司を食べて、揃って大満足で店を出た。

ところが。

エアコンのきいた店で、むしろ身体の芯まで冷えたと思っていたのに、快適に歩けた時

間は一分もなかったかもしれない。

商店街の中だというのに、まるでお湯の中を歩いているような気温と湿度だ。

不快とか、そういう言葉では表現できない異様な感覚に、僕らは思わず顔を見合わせた。

「眼鏡を買うて飯食うてる間に、さらに気温が上がったな」

「上がりましたね。何だこれ」

「ホンマに、何だこれ、や」

先輩は苦笑いして、足を止めた。つられて、僕もつんのめるように立ち止まる。

「どうしたんですか？」

「いや、このまま商店街を出て、陽射しの下に出たら、死ぬ気がする」

「……即座に否定できない感じはありますけど、そんなこと言ってたら、一生帰れないじゃないですか」

「急ぐか？」

「や、別に全然急ぎはしないですけど」

「ほな、もうちょっと身体を中から冷やして、その上で太陽に挑まへんか？　そしたら、元町駅くらいまでは保《ひ》つやろ。近いし」

僕は興味を惹かれ、先輩の何か企《たくら》んでいるような顔を見た。

「その顔、もう一カ所寄り道先をもう決めてある感じですね。この近くですか？　お日様の下に出ずに行ける店？」

「同じ商店街の、もそっと奥や」

「うわ、本気で近場だった。じゃあ、行きましょうよ。先輩は『とくれん』食べてましたけど、僕はデザートがまだですし」

「よっしゃ。ほな行こ」

先輩は、嬉しそうに商店街の奥のほうへと足を向けた。方角でいえば、より西側だ。

そして本当に、先輩の目当ての店は、すぐ近くにあった。ＡＢＣ－ＭＡＲＴの隣にある、「神戸にしむら珈琲店《コーヒー》　元町店」だ。

いかにもコーヒーショップらしく、店頭にはクラシックな赤いコーヒーミルをデザインした看板が飾られ、辺りに焙煎《ばいせん》したコーヒー豆のいい匂いが漂っている。

これまで一度も入ったことはないものの、子供の頃から、店名は知っている。このあたりの喫茶店としては老舗の部類だし、何となく、大人向けの落ちついた店というイメージがある。

先輩のチョイスがちょっと意外で、店に入る前に、僕は思わず先輩に訊ねてしまった。

「滅茶苦茶クラシックな喫茶店っていうか、コーヒー専門店じゃないですか。先輩ならスイーツの店を選ぶと思ったのに、もしかして、身体を中から冷やすって、アイスコーヒーか何かのことですか？」

するときは、やけに得意げな顔でこう言った。

「アイスコーヒーよりよう冷えるコーヒーがあんねん。まあ、入ろうや」

「はあ」

先輩の言うことがよくわからないまま、僕は、店頭のコーヒー販売コーナーや、今どき懐かしい食品サンプルを納めた棚を横目に、店に入った。

まるで京都の町屋のような店だ。間口はそこそこ小さいのに、客席は奥へと思ったより広く続いていて、二階に上る階段もある。二階席が禁煙席ということで、僕らは二階へ上がってみた。

一階は重厚な雰囲気だったが、二階は壁も天井も白く、モダンな雰囲気だ。窓から日光がふんだんに差し、窓辺に観葉植物を並べてあるので、なんだか他人様の家のリビングに通されたような趣ですらある。

店内は僕たちと同様、ひとときの涼とくつろぎを求める人たちで混み合っていたが、幸い、階段近くの四人掛けのテーブル席がひとつ空いていて、僕たちは贅沢《ぜいたく》に二人でそのテーブルを使わせてもらえることになった。

僕はメニューを開き、おー、と思わず声を上げた。

さすが店名に「珈琲」が入るだけあって、コーヒーのメニューは恐ろしく充実している。見たことも聞いたこともない豆の名前がズラリと並んでいて、眺めていると気持ちがぼんやりしてくるほどだ。

周囲のテーブルを見ると、ホットコーヒーはぼってりしたオリジナルの白っぽいマグカップで出されるらしく、何だかその器からして美味しそうに感じられる。

「あ、でも紅茶もジュースもある。レモンスカッシュとかクリームソーダとかも、昔ながらの喫茶店って感じでいいですねえ。あっ、サンドイッチも美味しそうだなあ。お腹いっぱいなのが残念です。お寿司、控えめにしときゃよかった」

「さんざん食うといてよう言うな」

苦笑いしつつ、先輩は僕の手からメニューを取り上げた。

「色々あるけど、今日は俺のおすすめにせえへんか？　たぶん、損した気分にはさせへんと思うねんけど」

僕は、ワクワクして頷く。先輩のお勧めには、未《いま》だかつて一度のハズレもない。今日はいったいどんなメニューを推してくるのか、凄く楽しみだ。

「じゃあ、お任せします」

そう言うと、先輩は嬉しそうに笑って「ええ返事や」と言うと、軽く手を上げて店員を呼んだ。

「コーヒーモンブラン、二つで」

店員が去った後、僕は、先輩の顔をまじまじと見た。

「モンブラン？　冷たいものを食べるんじゃなかったんですか？」

先輩はとぼけた顔で頷く。

「そやで」

「いや、そりゃモンブランはひんやりはしてますけど、冷たいものとは言わないんじゃ？　しかも、コーヒー味ですか？　栗《くり》とコーヒー、たぶん合わなくはないけど……」

「ええから、楽しみにしとけ」

先輩はチェシャ猫のような悪い笑顔を見せるばかりで、詳しいことを教えてくれようとしない。

もしかしたら、店に入るときに左手にあった食品サンプルの中に、その「コーヒーモンブラン」とやらもあったのかもしれない。もっとよく見ておけばよかった。

そう思いながらしばらく待っていると、「コーヒーモンブラン、お待たせ致しました！」という感じのいい溌剌《はつらつ》とした声と共に、女性従業員が僕たちの前に、ガラスの皿の上に載せられた、そこそこ長い脚付きのパフェグラスを一つずつ置いた。

いや、パフェグラス……なんだろうか。どう呼ぶべきなのか、正確なところはちょっとわからない。

下のほうは、まるで一輪挿しのように細く、それが朝顔が開くように大きく丸く広がっている。

「これが……コーヒー……モンブラン？」

その中に盛りつけられているのは、僕の想像とはだいぶ違うものだった。

器の中に、縁ギリギリまで詰まっているのは、クラッシュされた茶色っぽい氷というか、シャーベットのようなものだ。色からして、おそらくそれが「コーヒー味」なのだろう。

そして、その氷の上、ど真ん中に、かなり大きな球状にスクープされたバニラアイスがどーんと載っている。

それだけだ。

実にシンプルだし、それだけに妙な潔さと迫力がある。

「モンブラン、は、どのへんですかね？」

重ねて疑問形でそう言うと、先輩はポロシャツの肩を竦めた。

「知らん。何となく山っぽいから違うか？」

「えええ！　そんなざっくりした推測!?」

「三宮店のほうへ行くと、同じコーヒーモンブランでも、この上にコーヒーゼリーと生クリームが載ってきよんねん。それはそれで旨いけど、こっちのシンプルなほうが、今日は気分やな」

「へえ。店によって、ちょっと中身が違うんですね。確かに、これは凄くシンプルだ。モンブランかどうかはわかんないけど、美味しそうですね」

「旨いで。身体が中からシャーッと冷える」

そう言うと先輩はアイスクリーム用のスプーンで、ざくざくと氷を崩し、アイスクリームと一緒に掬って口に運んだ。

「……冷える！」

「そりゃそうだろうなあ」

僕も呟きながら、先輩と同じようにしてみた。確かに粗く砕かれた氷は、ゴツゴツした山肌っぽい……と言えなくもない。さしずめアイスクリームは、山に積もる雪といったところだろうか。

これまた潔いことに、氷にはいっさい甘みがついていなかった。しかも、けっこうコーヒーの風味が濃い。焙煎が深めなのか、酸味はほとんど感じず、香ばしさと苦みが後を引く。

その苦みを、アイスクリームがまろやかに甘く包みこんでくれて、とてもバランスがよく、美味しい。

いかにも、大人のスイーツという感じだ。

僕たちはしばらく無言で、アイスモンブランを食べ続けた。二人の間には、氷をスプーンで崩すシャクシャクという涼しげな音だけが響く。

やがて僕は、スプーンと共にストローが添えられている理由に気付いた。器の形の意味にも。

食べているうちに氷が徐々に溶けてきて、一輪挿し的な細い管状の部分にたまる。それをストローで吸い上げると、アイスコーヒーとしても楽しめるという趣向だったのだ。

「一品で二度美味しいって、いいアイデアだなあ」

「せやろ。ガキの頃に親にもらった一口は、氷のコーヒー味が苦すぎてイマイチやったけど、今はこのほろ苦さがご馳走やな。大人になってから、旨う感じるもんもあるんやな」

やけにしみじみそう言った先輩に、僕は微《かす》かな違和感を覚える。そのとき、ふっと昨日の夜のことを思い出した。

「あ、先輩。もしかして、それって」

どうやら、僕の予想は当たっていたらしい。先輩は、何とも言えない顔つきでこう告白した。

「昨夜、お前が作ってくれたシャービックな。旨かったんやで。旨かったけど……小さい頃に感じたほどの旨さではなかったな、て」

「先輩、昨夜は、味の記憶はおぼろげなんて言ってたけど、あれ、嘘だったんですね？　実は、記憶に残っていたほど美味しくはなくて、それをそのまんま言いたくないから、覚えていないって？」

先輩は気まずそうに頭を掻く。

「まあ、そういうことや。いや、重ねていうけど、旨かったんやで？　そやけど、思ったほどやないなんて言うたら、お前に悪いし、きっと気ぃ悪うしたやろ？」

僕も、正直に認める。

「先輩が喜んでくれるかなってワクワクしながら作りましたから、そりゃ、思ったほどでもないなんて言われたら、ちょっとガックリ来たかも。でも、一日おいて今聞いたら、何となくわかる気がしますよ」

「そうか？　お前にも、そういう経験あるんか？」

「ありますね。まあ、昔と変わらず美味しいものだってあるんですけど、他にもっと美味しいものがあるって知っちゃったから、そこまでじゃなくなってしまったもの、確かにあります。あとは、親にせがんでたまに買って貰えるから美味しかったけど、自分でいつでも買えるようになっちゃったから、さほどでもなくなったものとか」

「さては、コンビニのアメリカンドッグやな？」

「そうそう。先輩もそうですか」

「旨いっちゃ旨いねんけどな。ありがたみはのうなった」

「それそれ」

僕らはちょっぴりほろ苦い気持ちで、コーヒーモンブランの氷が溶けたコーヒー部分まで、美味しく飲み干した。

「よう冷えた。中から冷えた」

先輩は満足げにそう言ってから、悪戯っぽく笑って、

「そやけど、今度はちょー冷えすぎたな。しゃーない、あっついコーヒー頼んでバランス取って……ついでにケーキも取って、分けへんか?」

と、悪魔の誘いをかけてきたのだった……。

九月

「では、お荷物確かにお預かり致しました。お送りしておきます」

「よろしくお願いします。あと、このままチェックアウトの手続きを」

「かしこまりました！　少々お待ちください」

カウンター越しに向かい合うフロントマンはまだ若いが、朝っぱらからきちんと髪をオールバックにセットし、パリッとした制服を着込んで、溌溂とした働きぶりを見せている。

朝に弱い俺などには、とても真似できない立派な勤務態度だ。

俺は外来で、朝一番の患者をあんなに愛想良く迎えたことがあっただろうか。いや、ない。断じてない。これは、反省せねばならないところだ。

フロントマンを見れば、ホテルのクオリティはだいたいわかると言うが、確かにそうかもしれない。

（いい宿だったな）

素晴らしいスピードでパソコンのキーボードを叩く彼を見ながら、俺はこみ上げる欠伸《あくび》を噛み殺した。

俺が今、去ろうとしているのは、山口県《やまぐち》にあるANAクラウンプラザホテル宇部《うべ》である。父方のうんと年上の従兄《いとこ》がひとり、宇部市に住んでいて、彼の上の娘が結婚するというので披露宴に招かれたのだ。

どうせなら移動が楽なほうがいいと、披露宴会場のあるこのホテルに宿を取ってみた。

正直、現地に赴くまでは、地方にありがちな野暮《やぼ》ったいシティホテルを想像していたのだが、なかなかどうして、立派なロビーのある、どこもかしこも清潔で瀟洒《しょうしゃ》な設えの宿である。

何より、客室が広いのがいい。室内に余計なものがなく、スッキリしているのも好感が持てるところだ。ベッドの寝心地も申し分なかった。

肝腎の披露宴会場も、大きなガラス窓から宇部の街が広々と見渡せる、実に明るい空間だった。

ゆったり配置された丸テーブルには、淡いピンクのテーブルクロスが敷かれ、やはりピンクを基調にした可愛らしい花が飾られていた。

互いに二十代前半で職場結婚する若いカップルにふさわしい、軽やかで爽やかなテーブルセッティングだったように思う。

披露宴自体も、昔と違って仲人不在で、プロの司会者のスムーズな仕切りで進行した。スピーチも同僚や友人ばかりで、実に砕けた、あっさりしたものだった。上司のスピーチの定番、「結婚生活には大切な三つの袋が……」とかいう例のくだらない話を聞かされずに済んで、俺は密かに胸を撫で下ろしたものだ。

ありがたいことに、リアクションに困る下手くそな隠し芸の類も一切なく、余興と呼べるものは、同僚が編集した新郎新婦のなれそめ再現フィルムと、あとはプロのカルテットの演奏くらいだ。

来客には、ゆったりした気分で楽しく料理やお喋りを楽しんで貰おうという雰囲気があって、なかなかいい宴だったのではなかろうか。

少なくとも俺は、予想外に気持ちのいいひとときを過ごすことができた。

本当のところを言えば、招待状を受け取ったとき、何故、自分に声がかかったのか、俺にはさっぱり見当がつかなかった。

若い頃に山口に転勤になった従兄とは、以来、親戚の冠婚葬祭で顔を合わせて言葉を交わす程度で、ほとんどつきあいがなかったからだ。

まして、新婦となる彼の娘に至っては、かろうじて名前を覚えているという程度で、会話をした記憶などろくにない。

俺が住む兵庫県から山口県までは、近いようでそこそこ遠い。面倒なので断ろうと思ったが、思えば従兄には、幼い頃にはよく遊んでもらったし、お年玉もたくさんもらった。

この際、披露宴に出席し、ご祝儀をはずむことで、当時の恩を返してスッキリしよう。

そんな気持ちでかなり渋々出掛けたのだが、披露宴が始まる前、控え室で、新婦の父から真相がこっそり明かされた。

どうやら、新郎側がたくさん親戚を招待したいので、バランスをとるため、新婦側もメンバーをかき集める必要があったらしい。それで、俺などにまで招待という名の召集がかかったというわけだ。

考えてみれば、祖父母が死ぬと、親戚は途端にバラバラになる。祝い事や法事があっても、子供時代のように皆が顔を合わせる機会は、滅多《めった》に訪れない。

それだけに、同じく遠方から呼び寄せられた親戚たちが昨日は久々に同じテーブルを囲み、互いの近況報告でずいぶん話が弾んだ。

まあ、俺は大して話題を提供できなかったが、日頃、問診で鍛えられているので、相手から情報を引き出すための相づちはお手のものだ。おかげで、子供の頃は聞く機会がなかった、叔父たちの若い頃のやんちゃ話を聞けて、なかなかに面白かった。

おかげで宴が終わってもみんな話し足りず、宿泊組で夜の街に繰り出して、かなり遅くまで盛り上がってしまったくらいだ。

そんなわけで、子供のように眠い目を擦りながらのチェックアウトとなったが、荷物を自宅に向けて発送したので、すっかり身軽だ。

せっかく山口まで来たので、帰る前に、少し足を延ばして訪れたい場所がある。俺はトートバッグを肩に掛けると、まだまだ秋にはほど遠い強い陽射しの中、駅に向かって歩き出した……。


「ただいまー」

たとえ一泊二日でも、旅に出ると、自宅に帰ったとき恐ろしくホッとする。

玄関を開け、ひとり暮らしだったときは決して口にしなかった挨拶の言葉を声に出してみると、なおさらだ。

しかし、返事はなかった。

そういえば、いつもは聞こえる、ノートパソコンのキーボードを叩くカタカタという軽い音が、今日は聞こえてこない。玄関ポーチには灯《あか》りが点いているが、リビングやキッチンは暗い。

もう午後八時を過ぎているのに、白石の奴、今夜はどこかへ出掛けているのだろうか。

首を捻りながら靴を脱いでいると、階段を降りてくる重い足音が聞こえた。

「お帰りなさい」

白石の声だが、どうもいつもと感じが違う。ある種の女性アイドルのような鼻声だ。

姿を現した白石は、妙に赤い顔をして、しかも既にパジャマ姿だった。

「ただいま。どないしたんや、お前。もしかして……」

「夏風邪引いちゃったみたいです。もしかしたら昨夜、ソファーでテレビ見ながらうたた寝したのがよくなかったのかな」

「間違いなくそれやろ。大丈夫か？　熱は？　計ったんか？」

白石は、自分の額に手を当ててみせた。

「さっき計ったら、七度五分でした。あんまり大したことないんですよ」

「それはそうやけど、実際はいちばんしんどいあたりやないか。八度をバーンと超えたほうが、むしろ身体は元気やったりするからな」

「ああ、それはあるかも。とにかく怠《だる》くて」

そう言いながら、白石はぺたぺたと裸足《はだし》で俺の前に立った。

「鼻が詰まって匂いがわかんないせいか、あんまり食欲がないんですよね。先輩が、晩飯は済ませて帰るって言ってくれて助かりました。でも、お茶くらい煎れますね」

俺は慌てて、リビングのほうへ足を向けた白石を制止しようとした。

「いやいや、ええて。しんどいやろから寝とけや」

だが白石は、ちょっとよれた笑みを浮かべ、かぶりを振った。

「朝から寝てたんで、もう寝るのは飽きました。僕だって毎日ちょっとくらい、人間と喋りたいです。今日は朝から誰とも話してなかったんで」

「それはまあ、わからんでもない」

「でしょ？　お茶でいいですか？　それとも、お酒飲みます？」

「や、麦茶か何かでええ」

「了解です」

話しているうちに少し元気が出て来たのか、白石はさっきよりはしっかりした足取りで去って行く。

「ちょい着替えてから行くわ」

俺はその背中に一声掛けて、自室へと急いだ。


Tシャツとイージーパンツに着替えてリビングに行くと、白石はリビングのソファーにちょこんと座っていた。

わりとしっかり食うわりに、白石は相変わらずヒョロリとしている。小説家というのは、脳を尋常でないレベルで酷使することで、エネルギー源である糖を大量消費する生き物なのかもしれない。

「はー、麦茶美味しい。やっぱ、熱が出ると身体が乾くのかな」

大きなグラスで麦茶をごくごく飲んでいる白石の隣に腰を下ろし、俺は早速小言を口にした。

「当たり前や。まだ暑い上に、汗掻いて脱水するんやから、水分は意識してようけ摂《と》れよ」

「はーい。先輩もどうぞ。よく冷えてますよ」

「おう、ありがとうな。ほんで、お前、さっきの口ぶりでは、晩飯食うてへんの違うか？　昼は？」

「ええ……っとぉ」

俺が麦茶のグラスを手にしながら問い詰めると、白石は天井へと視線を泳がせた。俺は、思いきり眉をひそめる。

「まさか、朝から何も食うてへんのと違うやろな？」

「や、それはないです。昼前に起きて、怠いなあと思いながらも、一応食べました」

「何を？」

「ええと……雑炊……的な、ものを」

「雑炊的なもんて何やねん」

「フリーズドライの、美味しい卵スープがあるじゃないですか」

「あの、お前が弁当に時々添えてくれてる奴か？」

「ですです。あれに残ってた冷やご飯をレンジでチンしたのを入れて、雑炊っぽくしたやつ。それをさらっと食べて、あとはずっと寝てました」

俺は、自分の顔がなかなかの顰《しか》めっ面《つら》になるのを感じながら、白石を軽く睨んだ。

「あかんやないか。全然カロリーが足らんやろ。それやったら、駅弁買うてきたらよかったな。俺が新幹線で食うた『ふく寿司』、酢飯の上にふぐの身ぃやら皮やら、茹でた海老《えび》やら椎茸やら雲丹《うに》やら、あれこれ載っとって、けっこう旨かったで。駅弁やから、酢飯の酢はちょいきつめやったけど」

俺がそう言うと、白石はソファーの上で膝を抱えて座り、はあ、と溜め息をついた。

「ふぐとか！　すっげー羨ましいけど、今は食べたいって気持ちが起こらないなあ。切ない！」

「お前がふぐに食いつかんとなると、よっぽどやな。何やったら食えそうや？　何も食わんのは、ほんまにようないぞ」

俺が訊ねると、白石は揃えた膝小僧の上に赤い頬を載せてしばらく考えていたが、

「あっさりしてて、口当たりがよくて、優しい味のものかなあ。具体的には思い浮かびませんけど」

と、鈍い口調で答えた。

なんと。

それなら、俺は打ってつけのものを持っている。

「ちょうどよかった」

俺は持参の小さな包みを白石に見せた。白石は、つぶらな目をキョトキョトさせる。

「ちょうどよかったって、何です？」

「今日、寄り道して買うてきた土産や。これだけは、送られへんもんやからな。大事に提げて持って帰ってきた」

得意げにそう言いながら、俺は包みをガサガサと解いた。白石は頭を上げ、俺の手元を覗き込み、包み紙の文字を読んだ。

「ん？　まめ……こ、ろう？」

「違う違う。『豆子郎』と書いて、『とうしろう』て読むんや」

「素人さんみたいな名前ですね」

「ホンマにそうらしいで。素人が作ったっちゅう意味と、初心を忘れんようにっちゅう意味を兼ねて、『豆子郎』らしい」

「へええ。で、これ、何ですか？　やっぱり、豆の何か？」

俺は包みを開け、そこに十二本並んでいる細長いものを、白石の鼻先に突き出した。

「ほれ、食うてみ。ういろうや」

「ういろう？　このちっちゃいのが？」

「せや。山口のういろういうたら、このサイズや」

正確なサイズはわからないが、おそらく十センチほど……そう、サイズ感でいえばキットカットを半分に割った、あの大きさが近いのではないだろうか。形も少し似ているそれを、白石はおっかなびっくりで一本摘まんだ。そして、さっそく驚きの声を上げる。

「柔らかい！　えっ、これ本当にういろうですか？」

「ういろうや。ええから食うてみ。たぶん、今のお前の腹具合にぴったりやで」

俺が重ねて勧めると、白石はちょっと不安げに、ペラリと巻き付けただけの白っぽい薄いシートを剝がし、上品な小豆色のういろうを、小さく一口齧った。

もぐもぐと二度ほど咀嚼《そしゃく》したところで、白石の目がぴかりと光る。

「美味しい！　何ですか、これ！　僕の知ってるういろうじゃない」

「お前が知っとるういろうは、名古屋《なごや》のアレやろ。あれもどっしりして食い応えがあって旨いけど、こっちはもっとこう……」

「やわらかもっちりの、つるつるの、するり、って感じです。美味しいなあ。弾力のある水羊羹みたい。ほんとだ、これなら食べられる！　しかも、砕いた栗が入ってるんですね。いいアクセントになって、ほんとに美味しい。無限に食べられそう」

さっき、食欲がないと言っていたのはどの口かと突っ込みたくなるくらいの勢いで、白石は食感と味の感想を熱心に語りながら、あっという間に一本を食べきってしまった。

その食べっぷりにホッとするやら、とっておきの土産を気に入って貰えて嬉しいやらで、俺は思わず頰を緩めつつ、ささやかな蘊蓄《うんちく》を語らずにはいられなかった。

「山口県のういろうは、わらび粉を使うて、この滑らかな口当たりを生み出すらしい」

白石は、二本目の、今度は抹茶味のほうを取ってシートをめくりながら、ふむふむと適当な相づちを打つ。

「しかもこれは、豆子郎でも、『生絹《すずし》』がつく特別な商品なんやで」

「すずし？　何か違うんですか？」

「よりフレッシュ、つまり作りたてで全然日持ちがせえへんねん。店まで行かんと手に入らん、お取り寄せ不可の品や。日持ちするバージョンより瑞々しいて、さらに旨い」

「うわー、なるほど。確かに、シートを巻いてあるだけで、両端、開いたままですもんね。時間が経《た》ったら乾燥しちゃう」

「そういうこっちゃ。ちなみに、最初にお前が食うた栗の入った奴は、秋限定や」

「ますますありがたみが！」

「せやろ」

「でも、甘さが控えめで口当たりがよくて小さいから、ありがたいのにどんどん行けちゃうなあ」

そもそも一つが三口で食べられるように計算されたサイズだそうだが、白石はリスのように両手で豆子郎を持つと、二口でむしゃむしゃと平らげてしまった。

そして、とてもわかりやすく物欲しそうな顔で、俺の顔色を窺《うかが》う。

「これ、日持ち……しないんですよね？」

俺は、苦笑いでうなずいた。

「ええよ。今晩食うんがいちばん旨いんや。それに、お前と食おうと思うて買ってきたもんやから、気に入ってくれて嬉しいしな。好きなだけ食うてくれ」

「やったー！　あ、でも、先輩、大好物だから買ってきたんですよね？　先輩も食べてくださいよ。ええと、一本くらいは」

「アホ、お前、十一本食うつもりか」

「我ながら恐ろしいけど、いけちゃいそうです。こんなに美味しいもの、初めてだ」

具合が悪いはずなのになあ、と言いながら、白石の手は止まらない。

本当に、せめて一本ずつは確保しておかないと、俺の分まで確実に食い尽くされてしまいそうだ。

栗と抹茶を一本ずつ手に持ち、まずは白小豆が入った抹茶のほうを一口食べてみる。

はんなりした甘さと、ほのかに鼻に抜ける抹茶の香りが上品で、とにかく旨い。

つるり、ぺろりといけそうでいながら、心地良い弾力があって、嚙む楽しみも同時に与えてくれる。それでいて、歯に粘りつくような煩わしさは一切ない。

食べ物を表現するには不適切な表現かもしれないが、形状も味も食感も、すべてが「綺麗」だと感じる銘菓だ。

ただひとつ、俺としては、滑らかな食感をひたすら満喫したいので、豆は入っていなくてもいいのだが、やはりアクセントになるものが必要なのかもしれない。

「ところで、どこに寄り道してきたんです？」

三本目を躊躇《ちゅうちょ》なく頬張りながら、白石はそう訊ねてきた。

「萩《はぎ》」

俺は簡潔に答える。すると白石は、感心したようにこんなことを言った。

「へえ。萩津和野《つわの》ってよく言うから、そういう地名だと思ったら、萩で切れるんだ。でもって、萩って山口県にあるのか～」

「そのレベルか！」

呆れる俺に、白石は照れ臭そうに笑って言い訳した。

「僕、地理とか日本史とか、あんまり興味なかったんで。授業中、ずっと寝てたんですよね。だからあんまり詳しくなくて」

「そんなんやったら、時代物とか、出版社から依頼が来ても書かれへんやないか」

「ホントそれ。今になって、後悔してますよ。引き出しは多いほうが絶対お得ですよね。で、萩に何しに行ったんです？」

今度は、俺がちょっと照れ臭くなる番だ。

「いや、松下村塾《しょうかそんじゅく》をいっぺんこの目で見てみとうてな。吉田松陰《よしだしょういん》先生の……」

「吉田松陰先生！　まさかの先生呼び！」

白石は思いきり噴き出す。俺は、軽くムッとして言い返した。

「当たり前やろ。現地で松陰先生を呼び捨てにしてみい、しばかれるぞ」

「マジですか」

「かなりマジや。……ほれ、誰かて、若気の至りで幕末に凝ることがあるやろ、人生の一時期に」

「や、僕はまったく共感できないですけど、それ。普通はあるもんですか？」

「長州《ちょうしゅう》か薩摩《さつま》か新選組《しんせんぐみ》、あとは坂本龍馬《さかもとりょうま》、そのうちのどれかには、ちょっとくらい引っかかるもん違うか？」

「ぜんっぜん、わかんない。あ、いや、坂本龍馬は知ってますよ。うっかりまずいもん食べちゃったみたいな遠い目で、写真に写ってる人でしょ？」

「……お前の言うことのほうがさっぱりわからんわ。いやまあ、とにかく萩の街を軽く歩いて、豆子郎買うて、それで満足して帰ってきただけなんやけどな」

「ふーん」

俺の話に耳を傾けつつ、白石の手はまだ止まらない。まあ、風邪っ引きの胃には、きっと優しい食べ物だろう。栄養も摂れるので、食べたいだけ食べさせることにして、俺も栗入りのほうを口にしてみた。

こちらは小豆の生地に甘露煮の栗を砕いたものが入っているのだが、このアクセントについては、文句のあろうはずがない。小豆と栗の組み合わせは鉄板だ。

春には、蓬《よもぎ》味の豆子郎も売り出されるそうで、是非ともその時期に再訪して、そちらも味わってみたいものだ。きっと、香り高い逸品だろう。

そんなことを考えていたら、白石が思い出したように問いかけてきた。

「そういえば、食べるのに夢中で、訊くのを忘れてました。披露宴、どうでした？」

「全然期待してへんかったけど、なかなか料理、旨かったで」

俺の返事に、白石はガクッと小規模にずっこけてみせる。

「先輩、普通そこは、花嫁さんが綺麗だったとか、そういうことから始めません？」

「……ああ、まあ、そこは綺麗やった前提やろ。あんまし綺麗やない花嫁っておらんことないか？」

「そりゃそうですけど。いきなり飯の話ってあたりが、グルメな先輩らしいなあ」

「人を食いしん坊みたいに言うなや。いや、いかにも山口らしいなと思うてな」

「山口らしい料理って……なんだろ」

白石は、興味しんしんの顔つきになる。豆子郎の糖分が脳に回って、だいぶシャッキリしてきたようだ。俺は、簡略に披露宴で供された料理の説明を試みた。

「基本的に、フレンチのフルコースやってんけどな。そん中に突然、和食が割り込んできて……」

「和洋折衷ってことですか？」

「折衷て言うほど折り合ってへんねん。オードブルの次に、突然刺身が」

「刺身!?　あ、刺身サラダ的な？　それ、オードブル二品目ってことじゃないんですか？」

「いや、こっちで言うところのてっさ……ふぐ刺しが、いかにもそれらしい、あの綺麗な花みたいなルックスで出てきよった。ポン酢と共に」

俺が両手で、ふぐ刺しの皿の大きさを示してみせると、白石は面白そうに笑った。

「へえええ！　それはちょっとビックリだけど、美味しそうだな！」

「旨かったで。さすが本場の味やった。新婦の父、つまり俺の従兄が、特別料理を張り込みよったらしいわ。お客さんに遠くから来てもらうねんから、せめて旨いもんを出さんとあかん言うて」

「それ大事！　結婚式に行って、ご祝儀はずんで、ご飯が貧相だったときの悲しみってけっこう凄いもん。勿論、飯食いに行くわけじゃないんですけど、やっぱり飯は旨いほうがいいですよね」

「ほんまにな。地元の人はどう思うか知らんけど、俺らは、披露宴でふぐが出てくるなんて初めてやから、テーブルでのええ話題にもなっとった」

「でしょうね。ふぐかあ。いいなあ。今は食べられないけど。いやでも、ふぐ雑炊なら食べられそうな気がしてきましたよ、僕。ふぐ、きっと身体にもいいですよね。うん、きっといいに違いない」

いったいどこ向けのアピールなのかと思うくらい熱心に、白石はそんなことを言い始めた。

いや、これは確実に、さっき新幹線で「ふく寿司」を食ったと言ってしまった俺に向けてのアピールに違いない。

やはり、備えあれば憂いなしだ。俺は、サラリと白石に告げてやった。

「そう言うと思うて、ふぐ刺しとふぐ鍋のセットを手配しといた。今週末に届くはずやで」

「マジですか！」

「おう。かなり奮発したけど、やっぱし本場のふぐをいっぺんくらいフルに食うとかんとな。現地では、『ふく』て言うらしい。おめでたい『福』にかけとんのやな」

「へええ。ふく。あ、だからさっきも、『ふく寿司』って言ったんですね？」

「そやそや。鍋にはまだ暑いけど、まあ、風邪にはええやろ。っちゅうか、それまでに治して、快気祝いにしようや」

「やったー！　ゲホゲホゲホッ」

大声を出した途端に、白石は盛大に咳《せ》き込む。

「あー、アホ、大丈夫か？」

「平気です。よーし、それまでに治すぞ。そのためにも、栄養を摂るぞ、っと」

そんな調子のいいことを言い、咳を麦茶で宥《なだ》めると、白石はまた豆子郎に手を伸ばす。

よくもまあ、いくらあっさりさっぱりしているからといって、そんなに立て続けに食えるものだ。

しかし、思えば、俺も人生で初めて貰い物の豆子郎を食べたとき……あれはおそらく高校生のときだったと思うが、やはり十本か十二本ほど入った一箱を、ひとりでペロリと平らげてしまって、母に叱られた記憶がある。

この先輩にして、この後輩ありということか。

「披露宴の料理、他に面白いものはなかったんですか？」

俺は、記憶を辿《たど》りながら答える。

「そやな。他は普通に旨かった。……ああ、あと、同じテーブルの子供が食うてたお子様ランチが旨そうやったなあ」

「ぶはッ。フレンチのフルコースを食べながら、お子様ランチを羨んじゃいますか！」

「そやかて、コーンスープにオムライス、ハンバーグ、フライドチキンに海老フライ、それにプリンやで？」

「おお、滅茶苦茶正しいお子様ランチだ！」

「そやろ。あれ食いたいなあと思って、ずっと見とった」

「わかりました。そんなものをずっと見てたから、新郎新婦についての感想がほぼ出ないんだ！」

「……そうかもしれん」

俺が正直に認めると、白石は赤い顔でふふふっと笑った。

「先輩は、やっぱり食いしん坊ですよ」

「まあ、それも、そうかもしれん。ちゅうか、今は、お前が食いしん坊でないとあかんやろ。今晩は豆子郎しかあれへんけど、明日は、仕事帰りに何ぞ買うてきたろ。何がええ？」

するとん白石は、うーんとしばらく考えて、こう言った。

「パン、かなあ」

それは俺にとっては、少し意外な返事だった。てっきり、白粥《しらかゆ》とか、それこそ雑炊とかスープなどの、喉越しのいいものをリクエストされると想像していたのだ。

だが白石は、こんなことを言った。

「こう、フワフワしたパンじゃなくて、外側がちょっとカリッとした、香ばしいパンが食べたいかも。豆子郎に入ってる栗が妙に美味しく感じるから、栗の何かでもいいなあ」

俺は、曖昧に頷いた。

「わかった。まあ、あれこれ見繕って買うてくるから、晩飯は作らんでええぞ。朝昼に食うもんは、何ぞあるんか？　その、卵スープと冷や飯以外に」

すると、白石は笑って答えた。

「ありますよ。大丈夫、今晩ぐっすり寝たら、明日はもっと楽になってると思うんで、お粥でも何でも作って食べます」

「そやったらええけど。無理すんなや？」

「はーい。でも、何だか大丈夫そうですよ？　あんまり食べてなかったからグッタリしてただけかも。ほら、もう元気！」

　白石は、細い腕で力こぶを作るポーズをしてみせる。

「まあ……そうやったら、ええなあ」

　微妙な相づちを打って、俺はそっと三本目の豆子郎に手を伸ばした。

　結局その夜、白石は本当に豆子郎を九本、ペロリと平らげてしまった。そして、「何だか元気が漲《みなぎ》ってきたなあ。豆子郎パワー！」とよくわからないことを言い、妙に元気に自室へ引き上げていき……そして、朝になったらきっちりと、三十八度超えの熱を出していた。

　まあ、そういうことになるのではないかと薄々予想していたので、いつもより少し早起きした俺は、コンビニへひとっ走り出掛けて、レトルトの粥だのヨーグルトだのプリンだの、目についた食べやすそうなものをひととおり買い揃えて家に届けた。

　そして、布団の中でうんうん唸っている白石の枕元にスポーツドリンクと水のペットボトルをズラリと並べ、もし、それ以上悪化したら、遠慮せずに連絡しろと言い聞かせてから、出勤した。

さすがに相手は子供ではないので、看病のために仕事を休むという発想はなかったし、白石のほうも、かなりグンニャリしながらも「とにかく寝まくります」と言うので、静かな家でひとりにしてやったほうが気楽だろうと思ったのだ。

とはいえ、家に病人がいると思うと、何となく気がかりだ。

俺は仕事を定時できっぱり切り上げ、帰途につくことにした。無論、昨夜の白石のリクエストは覚えている。

心当たりの店に立ち寄って帰宅すると、てっきり寝ていると思った白石の姿は、キッチンにあった。

「何しとんねん。寝とらんかいな」

軽く咎めると、パジャマ姿の白石は、ちょっとしまったというような顔で俺を見た。

「お帰りなさい。すいません、プリン、食べたくて、ちょっと作ってます」

俺はショルダーバッグをリビングの床に置き、シャツの胸元をバタバタさせながらキッチンへ行った。

九月になっても外はまだまだ汗ばむ暑さだが、家の中はエアコンが効いていて、実に気持ちがいい。

「プリンやったら、今朝、買うといたやろ？　ゴソゴソせんでも、あれを食うたらええやないか」

　すると白石は、申し訳なさそうにこう答えた。

「先輩が買ってくれたプリン、柔らかいバージョンなんですよ」

「あ？」

「とろとろタイプていうか。僕、あれがどうも苦手で」

「……あー」

　俺は、思わず間抜けな声を出した。

　まったく何も考えず、目についたプリンをかごに放り込んだが、言われてみれば、パッケージに「とろりん」とか何とか書いてあった気がする。

「なんや。そやったら、ＬＩＮＥで固いプリン買うてこいて言うたらよかったんや。モロゾフにでも寄れたのに」

「なんだかそれも申し訳ないんで、簡単だから自作しようと思って」

　確かに、キッチンにはカラメルのいい香りがふんわり漂っている。しかし、調理台の上には何もない。

　俺は、思わず辺りを見回した。

「プリンて、そないに簡単に作れるもんなんか？　ちゅうか、どこで作ってるんや？」

「ここで」

白石は、ガスコンロの下に設置されたオーブンを指さした。俺は、キョトンとしてしまう。

「プリンて、焼くもんやったんか」

「焼くっていうか、蒸し焼き？　浅く水を張ったバットに入れて、加熱するんですよ。まあ、基本、カラメルソースさえ作れば、あとは茶碗蒸《ちゃわんむ》しと同じフォーマットですし。卵と出汁《だし》を合わせるか、卵と牛乳を合わせるかの違いだけで」

そんなことを言って、白石はニコッと笑った。朝よりは、だいぶ具合がよさそうだ。

「先輩の分も作りましたから。昨日の豆子郎のお礼なんで、思いきり食べてくださいね」

「一つでええ。っちゅうか、ほなもう、これは要らんかったか？」

少しガッカリした気持ちで、俺は下げていた黄色い袋をダイニングテーブルに置いた。

白石は、ほっそりした首を傾げる。

「それ……あ、もしかして！」

「昨夜のお前のリクエストをパーフェクトに叶えるアイテムを思い出したから、買うてきたんやけど」

「ってことは、外側がパリッとしたパンに、栗の何か？」

俺はうなずく。

「それをいっぺんに楽しめるもんや」

「ええ？　要ります要ります！　プリンと共にいただきますよ」

朝のグッタリぶりはどこへやら、軽く咳き込みながらも、白石は袋の中身を取り出し、おお！　と感嘆の声を上げた。

彼の手のひらに載せられたコロンと小さな丸いパンは、我が家から徒歩五、六分のところにある茶屋《ちゃや》之町《のちょう》のベーカリー、「パンタイム」の名物、その名もズバリ「蒸し栗バター」である。

パン生地はソフトフランスパンらしいが、ソフトといっても、クラストはパリッと固い。もっちりした食感のクラムには深い切り込みが入っていて、そこに分厚く切ったバターの塊と、柔らかなペースト状にした蒸し栗が気前よく挟み込まれている。

栗には過剰な甘みをつけたりしていないので、本来の風味がストレートに楽しめて、俺のお気に入りのパンだ。

ビジュアルだけでも、既に大いに気に入ったらしい。白石は目を輝かせて、俺を見た。

「今、食べちゃっていいですか？」

勿論、俺は頷いた。

「一応、湯豆腐の材料は買うてきたけど、小さいパン一つくらいどうっちゅうことはないやろ。食うたらええ」

「いただきます！」

白石はガサガサと袋からパンを取り出すと、立ったままガブリと齧りついた。クラストが割れる、実に小気味のいい音がする。

「うわあ……バター！」

いつもより掠《かす》れ気味の声で、それでもずいぶん元気よく、白石は口の中にパンを入れたまま叫ぶように言った。

気持ちはわかる。

このパンの主役は、栗というより、バターなのだ。

チーズと見紛《みまが》うほどのボリュームのバターから滲《にじ》み出す塩気が、栗の甘さをより引き立ててくれる。さらに、柔らかな油分が、パンと栗をいい具合に調和させてくれる。

ことほど左様に、旨いものは、糖と脂肪から出来ているのだ。

「うまーい。ああもう、なんか先輩！」

「なんや？」

白石はパンを大事そうにあちこちから齧りつつ、絞り出すような声で言った。

「僕、風邪引いてよかったな」

「あ？　病気になって、ええことなんかあらへんやろ」

「ありましたよ！」

「何がや？」

俺が訝ると、白石はへへっとはにかんだように笑って、鼻の下を指で擦った。

「ひとり暮らしのときと違って、風邪引いたら、先輩が心配してくれるんだなあと思って。昨夜の豆子郎も、今のこのパンも、誰かがわざわざ、僕に食べさせようと思って買ってきてくれたものって、こんなに美味しいんだなって。何か、凄く嚙みしめちゃってます。嬉しいな」

「大袈裟《おおげさ》やって」

俺は苦笑いしたが、白石は大真面目な顔でかぶりを振り、こんなことを言い出した。

「大袈裟じゃないですよ。マジで僕、滅茶苦茶幸せです。あの、先輩が風邪引いたら、僕、ちゃんと心配しますから。先輩が食べたいもの、いっぱい買ってきますからね！　だから、僕が復活した後なら、いつでも安心して、どーんと倒れちゃってください」

気持ちは嬉しいし、俺のささやかな気遣いをこんなに喜んでくれるなら本望というか、まあ照れ臭いながらも、なし崩しで始まったこのグダグダな同居が、そう悪くないと思えるから不思議だ。

とはいえ、医者に向かって、どーんと風邪を引けとは何ごとだ。

まったく、作家という生き物は、時々とんでもなく世間知らずなことを言い始めるから困る。

「アホか。意地でも、お前の風邪なんか貰わんからな」

いささかムキになって宣言し、俺は、あとで思いきりうがいをしようと心に決めたのだった……。

十月

秋といえば！

スポーツの秋、芸術の秋、食欲の秋……そして、台風の秋だ。

僕はノートパソコンのキーボードを叩く手を休め、耳を澄ませた。

自分が音を立てるのをやめると、途端に外の音が耳に飛び込んでくる。

すぐ横にある窓に激しく叩きつけてくる雨の音。

町じゅうを凄い勢いで吹き抜ける、風の唸り声。

その風に煽《あお》られ、あちらこちらで木々の梢《こずえ》がざわめく音。

そして、僕と先輩が暮らすこの家が、強すぎる風に軋《きし》む音。

「嵐だなあ……」

思わず、誰もいないダイニングルームで、そんな声が出た。

リビングで点けっぱなしのテレビには、刻々とNHKの台風情報が映し出されている。

最近は、アナウンサーがわざわざ雨合羽《あまがっぱ》を着込み、ヘルメットを被って、暴風雨の中で台風中継をするあの馬鹿げた風習は廃《すた》れたみたいだ。

『わたしは現在、安全な建物の中から中継を行っています』なんて奇妙な前置きをして、室戸岬《むろとみさき》の岸壁に砕ける凄まじい波の映像が映され、その辺りの状況をアナウンサーが中継している。

つまりこれは、ほんの少し前に収録された映像というわけだ。

無音の録画なのか、聞こえてくるのはアナウンサーの興奮した声だけで、室戸岬が今、どんな音に包まれているのかはわからない。

でもきっと、波があんな勢いで崖にぶち当たるんだから、とんでもなく暴力的な音があちこちでこだましているんだろうな、と想像する。

昼間でも凄い光景だろうけれど、暗闇を強力なライトで照らしているせいで、余計に危機感が募る。

僕たちがいる芦屋市も、暴風域に入ってから既に二時間あまり経った。

今回の台風は日本滞在をやけに楽しんでいるようで、四国《しこく》に上陸した後も、速度がなかなか上がらないようだ。

「もうすぐ、午前二時か」

僕は立ち上がり、キッチンへ行った。蛇口を捻って、ちゃんと水が出ることにまず安心し、それからやかんを火にかけた。

今回は台風被害が予想されると繰り返しテレビ番組で警告されたので、一応、入浴を済ませた後の風呂の湯はそのままにしてある。

断水したとき、飲み水は備蓄分でしばらくはどうにかなる。どうしようもないのはトイレだ。バスタブいっぱいの水さえあれば、トイレにも手洗いにも、十分に対処できる。

「コーヒーにしようかな。いや、めんどくさいからお茶でいいや」

こういうとき、今さらながら母の気持ちがよくわかる。

台所を預かる身になってわかったことだけれど、どうも、誰かがいたらいくらでもマメになれることが、自分ひとりのためとなると途端にとてつもなく億劫《おっくう》になるのだ。

今は、インスタントコーヒーを作り、そこにミルクと砂糖を入れるのが面倒臭い。我ながらどうしてだろうと思う。でも、本当にそうなのだ。

母もよく、「ひとりだとなーんにも作る気がしない」と言って、冷やご飯に漬け物を載せてささっと食事を済ませたりしていた。

それを見て、「自分ひとりのときこそ、うんと美味しいものを食べればいいのに」と思っていた僕が、今では先輩がいない日の夕飯をカップヌードルで済ませたりしているのだから、ちょっと面白い。ＤＮＡを感じる。

「でもまあ、緑茶で十分美味しいから」

そんな言い訳を呟きながら、ティーバッグで保温マグになみなみと緑茶を作り、僕は席に戻った。

熱い緑茶を吹き冷まして啜りながら、テレビの画面とパソコンの画面を交互に眺める。

先週、雑誌連載分の原稿を送ってしまったので、今週は比較的、ゆったりしたスケジュールである。

今やっている作業は、来月から本格的に執筆を始めることになる小説のプロット、つまりあらすじ作りだ。

小説の書き方にこれといったルールはないので、基本的には、それぞれの作家がそれぞれの流儀で執筆している、と思う。僕はあまり同業者に友達がいないので、そのあたりはよくわからない。

でも、商業誌であれば、必ず編集者とタッグを組んで作品を仕上げていくことになるので、これから書く小説の設計図をこちらで作り、編集者に目を通してもらい、必要ならばアドバイスを受けるという手順が必要になる。その設計図にあたるものが、プロットだ。

このプロットの書き方も、僕の担当編集氏によれば、作家によって全然違うらしい。

僕は飽き性だから、本文を書く前に嫌になってしまわないよう、プロットは極力簡素に作るし、物語をどう終わらせるかは、未来の自分に任せることにしている。

現在の僕がいるのは、プロット作成を登山にたとえるならまだ山の麓で、登山ルートを検討している段階だ。

さて、どう物語を始め、進めようかと、頭の中であれこれ考えてはパソコンに打ち込み、いややはりそれは違うと消し……という、けっこう散漫な作業をしているので、はたから見ると、ぼんやりしているように見えるらしい。

さっきも先輩に、「なんや、やる気なさそうやなあ」と心配されてしまった。

そうではなく、本人はけっこう真剣に考えている……ことも、ある。

正直を言うと、今はそうでもない。台風のニュースと外の音に気を取られて、物語世界になかなか入っていけない状況だ。

(まあ、こんなに外の音がうるさいんじゃ、仕方ないよな。ああでも、作中に台風のシーンが来るかもしれないから、今夜はせいぜい台風を味わっておこう)

そんな自分自身に対する言い訳をこねくり回しつつ、僕はふと、テーブルの端に置かれた、鳩サブレーの缶に目を向けた。

もはやすっかりお馴染みになった、僕の「おやつ箱」だ。中には、駄菓子から高級洋菓子まで、そのときどきの色々なお菓子が詰まっている。

ごくたまに、自分で買ってきたおやつを入れることもあるけれど、ほとんどは先輩が入れてくれたものだ。

そして今夜は、缶の上に、楕円形の平べったい紙箱がどーんと置かれている。

白い箱の上には、ピンク色の筆記体で〝Daniel〟と書かれている。どうやらそれが店名らしい。「おやつ箱」に入らなかったので、先輩が「ほい」と上に載せていった。

確か、出向先のクリニックの院長に貰ったと言っていた気がするから、けっこう高級なお菓子なのではないだろうか。

「ちょっと摘まもうかな」

僕は腰を浮かせて、紙箱を片手で取った。思ったよりはズッシリしている。

そっと蓋を開けた途端、「わー!」と声が出た。

箱の中には、大きめの薄紙が敷かれ、その上にみっしりと、まるで花でも詰め込んだように、色とりどりの小さなカヌレが並んでいたのだ。

勿論、焼き菓子だから、色とりどりといっても、ベースは茶色だ。でも、緑がかったもの、明るい茶色、焦げ茶、ほとんど黒、そして、トッピングが敷き詰められたもの……と、バラエティに富んでいて、とても綺麗だ。

一つ一つのカヌレは、直径三センチ、高さ五センチくらいの可愛いサイズだけれど、指先でつまみ上げると、やはり重い。

「先輩、二つくらい食べちゃってる」

見れば、簡単なフレーバーの説明書きも入っていて、おそらく何種類かは、季節によって変わるのだろう。

プレーン、カカオ、抹茶、いちじくくるみ、アーモンド、チェリー……女子が喜ぶんだろうな、と思う一方で、気付けば僕もけっこう喜んでいる。

あまり甘い物を大量に食べたいという欲はないと言いつつ、先月は、先輩がわざわざ買ってきた、おそらく大好物なのであろう豆子郎をひとりでもりもり食べてしまって、本当に申し訳ないことをした。

あとで反省したし、フォローもしたいけれど、先輩が買ってきたのは、現地のお店に行かないと買えないバージョンだそうで、いつか僕も山口県へ行って、先輩のために山ほど買い込んでこようと思う次第だ。

それはともかく、今はカヌレだ。

「やっぱり、最初はプレーンかな」

説明書きは実質、文字だけに等しいので、外見で種類を確実に見分けるのは難しい。でも、たぶん、きつね色のつるんとしたやつが、プレーンに違いない。

「まあ別に、違ったところで困らないしな」

そう呟いて、一口で頬張ってみると、なかなかに面白い食感だ。何かを塗ってしっかり焼き付けてあるのか、外はかりっ、とねちっ、が同居した不思議な歯触りで、中はみっしりもっちりしている。

結構、しっかり甘くて、濃厚な卵の風味がする。味わいとしては、煮詰めたプリンといった感じだろうか。おそらく、これはプレーンで正解だ。

(この食感、どこかで……)

もちもちと咀嚼していて、ふと、ああ、ゆべしだ、と思い当たる。山形県で食べたくるみのゆべしが、こんな感じの歯ごたえだった。味は全然違うけれど、どちらも美味しい。

「カヌレって、こんな食べ物だっけ。けっこうリッチな味だな」

味も食感もずっしりしているので、小さなカヌレひとつで満足感は高い。でも、せっかくなのでもう一つくらい味わってみたくて、今度はココアを選んでみた。

僕は、食に関しては基本的にコンサバなのだ。あまり冒険せず、安心できる味を楽しみたい。

そういう意味では、プレーンに続き、ココアも理想的なフレーバーだった。

ちょっと濃い目のほろ苦いココアの風味のおかげで、二つ目でも重さやくどさを感じずに食べることができる。

「はー、美味しかったな。しっかりしたおやつになっちゃった」

大満足でお茶を飲み、口の中をさっぱりさせているあいだも、外では風が荒れ狂い、やや立て付けの悪い窓はガタガタと音を立てる。

テレビの画面では、神戸市三宮の繁華街の様子が中継されていた。

繁華街といっても、もはや道行く人などほとんどいない。

捨てられた紙コップやゴミが、風に巻かれて横断歩道をゴロゴロと渡っていくさまや、無残に倒れてしまった街路樹などが次々と画面に映し出される。

「神戸があれじゃ、こっちもけっこう被害が出てそうだな。っていうか、こんなに風がうるさいのに、先輩、よく眠れるよな」

呑気《のんき》にそんなことを呟いていたら、突然、バツンと鈍い音がして、テレビが消え、同時に部屋の照明もふっつり消えた。

「停電だ」

思わず、言わずもがなの呟きが漏れた。

強風で、さっきテレビで見たように樹木が倒れ、電線を切断してしまったのだろうか。

意外と驚かなかったのは、充電池で稼働するノートパソコンの液晶画面が光を失わなかったので、室内が真っ暗にならずに済んだからだ。

すぐ復旧するかと思ったが、そうでもなさそうだ。僕はスマートフォンの懐中電灯機能を利用し、足元を照らしながら、玄関へ行ってみた。

扉を開けて外を見たら、見事に真っ暗だ。門扉を開け、一筋向こうの表通りの様子を窺ってみたが、やはり外灯も信号の灯りも消えている様子だった。

うちだけでなく、このあたり一帯が停電している。

まあ、平和な住宅街の中では、平日のこんな深夜に仕事をしているのは僕くらいのものだろうから、実害はほとんどないだろう。冷蔵庫も冷凍庫も、開けさえしなければしばらくは保つから問題ない。

たぶん、町内の大半の人々は、朝になってからニュースでも見て、「へえ、昨夜、停電あったん？　知らんかった」なんて言い合うに違いない。

そんなことを考えながら、僕は家の中に戻った。

寒くもなく暑くもない時期で幸いだった。これで冷房や暖房が必要な気温なら焦っただろうが、今は、ただ暗いだけだ。

僕はダイニングに戻り、ノートパソコンの灯りを頼りに、以前、ホームセンターで買っておいた非常用のＬＥＤランタンを戸棚から引っ張り出した。

手のひらに載るサイズのコロンとした形のランタンは、ＵＳＢで充電できる優秀なものだ。

とりあえず、必要とあらばノートパソコンを充電用電池として使えるよう、いったん電源を落とし、代わりにランタンを点ける。

ＬＥＤの光は強力なので、いちばん控えめな明るさにしても、予想以上に周囲が白々と照らされた。

「停電なんて、いつぶりだろ」

椅子に座り、ほんのり照らされたテーブルでまだ十分に温かいお茶を飲んでいると、家の中にいるのにキャンプに来たような気持ちになる。

不謹慎だと怒る人もいるだろうけれど、軽い非常時についワクワクしてしまうのは、ある種の人間にとっては避けられない衝動なんじゃなかろうか。

目を閉じてじっと耳を澄ませ、ひとり荒野を歩く旅人が、突然襲いかかった嵐を、大木の洞に潜り込んでやり過ごしている……そんな空想を楽しんでいたら、不意に二階から、

「うわっ？　なんや!?」という無粋極まりない声が降ってきた。

言うまでもなく、先輩の驚きの声だ。

僕はランタンを提げて、階段の下まで行き、声を掛けた。

「さっきから停電してるんですよ。大丈夫ですか？」

「目ぇ覚めてトイレ行こうとしたら、廊下の電気が点かんから、何ごとかと思うた」

「今、階段の途中まで行きますから、足元がちゃんと見えてから降りて来てください」

「おう。ランタンか！　お前、用意がええな」

「このくらいは基本でしょ。先輩、枕元に懐中電灯を用意してないんですか？」

「あんましそういう細かい備えを考えたことがあらへんかった」

「もう。先輩は時々、変なところが抜けてますよね」

「お前、ここぞとばかりに鬼の首を獲《と》ったように言いよるな」

僕が踊り場まで行くと、先輩はホッとした顔で階段を降りてきた。パジャマの上にカーディガンを羽織った先輩は、寒々しい裸足だ。

僕たちは、小さいけれど明るいランタンを頼りに、リビングルームを通り抜け、ダイニ

ングに落ちついた。

先輩は眠そうな顔で、寝乱れた髪をグシャグシャと両手で撫でつけながら、感心したように言った。

「外の音、ごっついな。ようこんな中で爆睡しとったこっちゃ」

僕は思わず笑い出してしまった。

「ついさっき、そう思ってたとこですよ。でも、目が覚めたってことは、やっぱり脳はうるささに気付いてたんじゃないですか？」

「そやな。雨漏りを心配しとったんかもしれん」

先輩は、テーブルに頬杖《ほおづえ》をついてそんなことを言い出した。僕はギョッとして天井を仰ぎ見る。

「そういや去年の秋、台風が掠めていったときも、二階の物置が雨漏りしましたっけ。今回はわりと直撃に近いコースだけど、大丈夫かな」

「まあ、去年雨漏りした後、業者に屋根の点検をしてもろたから、大丈夫やと思うけどな。言うても古い家やから、漏れたときは漏れたときや。しゃーない」

「しゃーないで済む範囲ならいいですけど……ま、停電してる今、心配してもそれこそしょうがないか」

僕はダイニングと続き間のキッチンへ行き、ガスコンロのつまみを捻ってみた。チチチ

チ……と小さな音がして、ちゃんと火が点く。

点火用に乾電池を使うタイプなので、停電していても、ガスコンロは使えそうだ。

「あー、でも、換気扇が動かないから、ガスはあんまり使わないほうがいいかな。先輩、寝直さないなら何か飲みます?」

「眠いっちゃ眠いんやけど、この嵐の中、二度寝はなかなか難しそうやな。ちょこっと飲もかな。お前は?」

この場合の「飲む」は、文脈的に酒のことだろう。僕は、ちょっと考えてから答えた。

「お茶飲んでたんですけど、先輩がもし一缶が多いってんなら、お相伴しますよ」

「よっしゃ。飲んだら飲めるとは思うんやけど、罪悪感がな。明日の朝には台風も行き過ぎて、普通に出勤せんなんやろし」

ちょっと嬉しそうにそう言うと、先輩はキッチンにやってきて、冷蔵庫の扉に手を掛けた。僕は、慌てて釘《くぎ》を刺す。

「停電のときは、冷気を極力温存するのがキモなんで、ハイパークイックに取り出してくださいよ」

「可及的速やかに。わかった」

何故か日本語に言い直し、先輩は勢いよく冷蔵庫を開けると、本当に目にも留まらぬ速さで缶ビールを取り出し、扉を閉めた。ビールの置き場所を熟知しているからこその達人業だ。

「思いのほか素速かった！」

「眼科医舐めんなや。白内障のオペの人工レンズ置換なんか、パッと取ってシュッと入れるんやで」

僕にはさっぱりわからない自慢を口にしながら、先輩は暗がりの中で食器棚を開け、これまた配置を熟知している人ならではの手際の良さで、グラスを二つ持ってテーブルに戻ってきた。

「停電中に家飲みって、初めてだな。ちょっと面白いですね」

「なかなかない機会やわな」

そう言いつつ、先輩は二つのグラスにビールを注ぎ分け、一つを僕のほうへ押しやってくれた。

「ほな、ようこそ台風」

「早いとこどっか行って、台風」

軽く互いのグラスを合わせて、よく冷えたビールを一口飲む。

二人とも、毎晩酒を欲するタイプではないけれど、こういう特殊なときにちょっと飲む酒は、妙に美味しい。

「あとは、つまみやな。言うても、がっつり食う気分やないし」

先輩は、「おやつ箱」を、ダニエルのカヌレ箱ごと引き寄せた。しかし、どうやら先輩の中では、カヌレは「がっつり」の部類に入るらしく、楕円形の箱は、ヒョイと横にどけられてしまう。まあ、気持ちはわからないでもない。

「何ぞあったと思うねんけど」

缶の蓋を開けた先輩は、ランタンを取り、中身を照らしてチェックし始めた。そして、すぐに何かをつまみ出し、二人の間に置いた。

「あったあった。たまには、こん中にしょっぱいもんを入れとくんも大事やな。こういうときに役に立つ」

「しょっぱいものなんて、ありましたっけ?」

「あった。『雀《すずめ》の卵』や」

先輩が取り出したのは、細長い、ほぼ透明な樹脂製の袋だった。中には、茶色くて小さい、コロコロした丸っこいものが入っている。

「雀の卵?　ガチで卵ですか?」

「そんなアホな。卵みたいに見えるっちゅうこっちゃ。大阪の……何とかいう会社、そや、冨士屋製菓本舗《ふじやせいかほんぽ》が作っとる、昔からの菓子や。ここの家主やった祖母も、お茶請けに常備しとった」

「へえ。あ、ありがとうございます。お先です」

先輩が袋の口を開け、こちらに向けて差し出してくれたので、僕は何粒か取り出し、手のひらに載せた。

いかにも手作りという感じの、大きさも形もやや不揃い、でも基本的には丸っこい形の「雀の卵」は、くだんのチョコボールより少し大きいくらいだ。硬い生地の表面は香ばしい醤油の色と香りで、そこに細切りの海苔《のり》をまぶしてある。

口に放り込んで歯を立てると、外側のカリッとした部分が割れ、中からピーナッツが現れる。なるほど、これが「卵の黄身」の代わりというわけか。

「美味しい。これ、癖になりますね。外側の部分、塗られた醤油はしょっぱいのに、生地はうっすら甘い。うわあ、お酒に合う味だなあ」

「そやろ。まあ子供時代は酒は飲めんかったけど、サイダーに合わしても旨いもんやったで。この家に来るたび、もっとでっかい一袋をひとりで平らげとった」

「それは食べ過ぎ。鼻血出ますよ。でも、気持ちはわかるかも」

「子供て、気に入ったもんをヤケクソみたいに大量に食うて、ほんで嫌になってしばらく存在を忘れるねんな。俺もそうやった。これをまた食うてみたいと思うたんは、大人になってからや。今は、旨いし懐かしい。食うたび、祖母のことを思い出す」

「これも、先輩の思い出の味のひとつですか。僕にとっても、停電の思い出の味になりそう」

僕は袋の中に指を突っ込み、もうひとつ摘まんで口に放り込む。

雀の卵を食べて、ビールを飲んで、また雀の卵を食べて……。これは油断すると、恐ろしい永久運動になってしまいそうだ。

「ビール、一缶で足りますかね」

思わずそう口走ったとき、ビュウオオオッとひときわ大きな風の音が聞こえ、家全体がガタガタッと揺れた。

僕と先輩は動きを止め、互いにじっと顔を見合わせる。

「台風に怒られたかもですね」

「災害やぞ、もっと真面目にやれ、ってか」

クスッと笑った先輩は、名残惜しそうにグラスに残ったビールを飲み干した。

「確かに、停電を、寝不足で仕事行く言い訳にしたらアカンわな。これを寝酒にして、大人しゅう布団に戻るわ」

「社会人、偉いなあ。あ、寝るんなら、足元が危ないでしょうから、このランタン持って行ってください。僕はどうせ朝まで仕事だし、ノートパソコンの光があるんで、困りませんから」

「ホンマか？　大丈夫か？　いくらノートパソコンがある言うても、トイレに行くのに持って行くわけにはいかんやろ」

「まあ、それはそうですけど……たぶんだいじょう……あ」

「あ」

突然、部屋の中がパッと明るくなった。僕らは間の抜けた声を出し、眩《まぶ》しさに目をパチパチさせる。

発生したときと同じように、停電は終わるときも実に唐突だ。

僕は、テーブルの上を見回し、嘆息した。

さっきまで雰囲気満点だった家飲みが、突然、ただのグダグダになってしまった気がする。明るさというのは便利だけれど、無神経に情緒を奪う一面もあると気付かされる。

ビールの空き缶も、空っぽになった二つのグラスも、半分ほど食べてしまった「雀の卵」も、すべてが急にありふれたものに感じられ、心地よいほろ酔い気分まで目減りしたようだ。

先輩も、同じように感じたらしい。

「台風と関電さんが、さっさとお開きにせえて言うてるみたいやな」

そう言って立ち上がり、グラスを片付けようとした先輩を、僕は慌てて制止した。

「あ、いいですよ。どうせ僕は朝まで起きてるつもりだったんで、片付けときます。先輩はさっさと寝直してください」

「そうか？　なんや悪いな」

「いえ、全然。ビールが睡眠薬代わりになるといいですね」

「睡眠導入剤代わり、な。ほな、おやすみ」

「おやすみなさい」

医者のこだわりなのか、律儀に訂正して、先輩は大あくびをしながら寝室へ去っていった。

僕は、「あとひとつだけ」と呟いて、「雀の卵」をポンと口に放り込み、カリカリと我ながら軽快な音を立てて嚙み砕きながら、グラスを重ねてシンクに運んだ。

電気は戻ったけれど、やはり、水音に負けないくらい、外では風が獰猛《どうもう》に唸っている。

「何も被害がないといいな。どうか雨漏り、していませんように」

僕は思わず、そんな祈りの言葉を口にした……。


その後、徐々に風雨は弱まり、鈍足の台風もようやく本気を出したのか、夜明け前に日本海へと抜けていった。

台風が去り、雨が止んだあとも、風はしばらく思い出したように強く吹いていたが、先輩が出勤する頃には、いわゆる台風一過の青空が広がっていた。

「小学生がガッカリするパターンやな。俺は電車のダイヤが微妙に乱れてそうで、ゾッとするパターンやけど」

二度寝に微妙に失敗したらしき先輩は、眼科医なのに腫れぼったい目元でそんなことを言って、いつもより少し早く出ていった。

いつもは先輩と入れ違いに棺桶《かんおけ》、もとい布団に入る夜の生き物な僕だけれど、今朝ばかりは先輩を送り出したあと、一応、すべての部屋を開けて、雨漏りしていないことを確かめた。

幸い、どこの部屋も無事でホッと胸を撫で下ろしたのも束《つか》の間《ま》、和室の雨戸を開けた瞬間、僕は「ギャーッ！」とリアルに悲鳴を上げた。

昨夜の強い風は、昨日までとても綺麗に色づいていた庭の紅葉《もみじ》を、すっかり丸坊主にしてしまっていた。

いや、それはまあいい。仕方がない。花も葉も、いつかは落ちるものだ。

問題は、せっかく育ちつつあった細い桜の枝が一本、根元からバッキリ折れてしまっていることと、収穫が終わったあとも放っておいた胡瓜用のネットが倒れ、まだ多少は実をつけていた茄子やピーマンの苗を無残に押し潰してしまったことだった。

「ああ、駄目だ。これ、寝る前に片付けなきゃ」

僕はガックリ肩を落とし、窓と障子を閉めると、ほうきとちりとり、それにゴミ袋を持って外へ出た。

「うう、眠い。そして、つらい！」

台風の後片付けごときで泣き言を言うなやと、乱れた交通ダイヤに真っ向から立ち向かって出勤した人たちには、叱られてしまうかもしれない。

でも、その「ごとき」がなかなか大変なことは、やってみないとわからないと思うのだ。

玄関ポーチにも門扉の内側にも、はては家の前の溝にも、もはやどこの家から来たものかわからない落ち葉やゴミが山のように入り込み、あっという間に大きなゴミ袋二つがいっぱいになった。

しかも、濡《ぬ》れた落ち葉は予想外に重い。ゴミ集積所に運んでいくのも大変そうだ。

さらに庭の片付けに移ると、最初に気付いた以外にも、台風にやられた箇所があることに気付いた。

雨樋《あまどい》が二本、継ぎ目のところで外れてしまっている。修繕するには脚立が必要な高さだけれど、物置に見当たらないので、新しく買わなくてはならないかもしれない。

それから、小石でも飛んで来たのか、トイレの窓にヒビが入っていた。これはもう業者案件だから、僕に出来ることは今のところない。

そんなわけで、庭じゅうに散らばっていた落ち葉や折れた小枝を片付け、桜の枝ももうどうしてやりようもないので、ノコギリで綺麗に切断し直し、露《あら》わになった年輪の上から、物置で見つけた「キマモール」という黒いベタベタした液体を塗っておいた。

僕が買ったわけではない代物《しろもの》で正確な用法はわからないけれど、ネーミングからして、おそらく樹木の切断面を守ってくれるカバー剤で間違ってはいないと思う。

それから、倒れた胡瓜用のネットを起こして元の場所に固定しなおし、もう再起不能な感じの茄子とピーマンの苗を引き抜いて支柱を片付ける頃には、もう、午前十時を過ぎていた。

本来ならばとっくに寝ている時間だ。そう思うだけで、あくびが次から次へとこみ上げてくる。目もシパシパする。

「もう、このくらいにして寝ようかな……お」

ふと地面を見ると、すっかり忘れていた作物が目についた。

生まれて初めて植えたものの、あまりにも存在が地味、しかも収穫時期がいつか正確に把握しておらず、いつしか意識の圏外に出てしまっていた可哀想なやつだ。

しかも、すでにだいぶ枯れかかっている。

「これは……もしかして！」

僕はそのいささか頼りない苗をそうっと引き抜き……そして、自分でも滑稽なくらいの歓声を上げた……。

その夜、朝からやはり電車が遅れ、しかも超満員で大変だったらしい先輩が疲れた顔で帰宅し、僕たちはいつものように夕食のテーブルに着いていた。

今夜のメニューはとてもシンプルで、人生で初めて作る担々麺だ。

僕はあまりスパイシーな食べ物が得意ではないので、店で一度だけ食べたものより、だいぶ辛さを控えめにした。

先輩には物足りないかと心配したけれど、どうやら大丈夫だったらしい。

少しだけ落としたラー油の赤が映える、象牙色のとろんとしたスープを味わって、先輩は腫れぼったい目を見開いた。

「最近は、スーパーで売ってる担々麺でもこんなに旨いんか?」

僕は思わず、してやったりの笑顔になる。

「スーパーで買ったのは、中華麺だけでーす」

「ほな、スープと具は……」

「僕が作りました!」

僕は、ここぞとばかり胸を張って解説した。

「っていっても、ベースは鶏がらスープの素ですけど」

「なんや、ほな買ってきたもんやないか」

「だけど、味の決め手は今日、台風の後片付けをしてから、超頑張って手作りしたやつなんで! 今日のブログにもがっつり調理過程をアップする予定なんですよ」

先輩は興味を惹かれた様子で、もう一口、スープを味わってくれた。

「味の決め手っちゅうと、このコクか。担々麵言うたら、胡麻でコクを出すんやったよな？　そやけど、胡麻は手作りのしようがないやろ」

「なので、これです！　じゃじゃーん」

僕は、キッチンから持って来たガラス容器を先輩の前に置いた。

「ん？　んん？」

金属の蓋を開け、中に入ってる黄土色のペーストの匂いをふんふんと嗅いだ先輩は、

「なんやこれ。たぶん知っとる、香ばしい匂いやけど……胡麻とは違うな。ナッツ？」

「ピンポーン！　ピーナツバターです！　庭で収穫したピーナツから作ったんですよ」

僕は誇らしく宣言した。先輩は、心底ビックリした顔で、瓶に詰まった自家製ピーナツバターと僕の顔を、何度も交互に見る。

「ピーナツバターて、自宅で作れるもんなんか？　ちゅうかお前、庭でトマトやら茄子やら作ってるんは知っとったけど、ピーナツまで植えとったんか！」

僕は照れ笑いで白状する。

「トマトと一緒に植えると両方がよく育つってテレビで言ってたから、ホームセンターで苗を買って植えたんですけど、すっかり忘れてました。植えたときは、見る気満々だったんですけどね」

「何を？」

「ピーナッって、地上で咲いた花が地下に潜って、あの殻入りのピーナッツになるんですって。その過程を見たかったんです」

「へええ。あのピーナッツて、土から掘ってくるんか？」

「そうなんですよ。引き抜いたらいくつか殻がついてきたし、土を掘ったらもっと埋まってました。三株植えたら、けっこう採れましたよ。何も世話してないのに」

先輩は感心しきりで、今度は麺を啜り、なるほどと呟いた。

「ピーナッツて言われたら、確かにピーナッツの味やな。そうか、胡麻やのうても似たようなコクになるんやな。そやけど、ピーナッツバターて、ピーナッツと何から作るんや？」

「作り方は色々あるみたいなんですけど、今回は敢えて、ピーナッツだけで作りました。まずは殻から豆を出して、オーブンで三十分くらい、焦がさないようにじっくりローストして、薄い皮を剥いて」

「その時点で、十分辛気くさそうやな」

「まあ、そこはちょっとめんどくさかったです。でも、去年、フードプロセッサーを先輩が買ってくれたから、そっからは早かったですよぉ。連続して回すと熱が出過ぎるらしいんで、休み休み攪拌《かくはん》していくと、ジワジワ油が出てきて、最終的にはこんな風にネトネトのペーストになるんです。あとは、好みでちょっとだけメープルシロップと塩を入れましたけど、市販品に比べれば、全然味付けレスです」

「なるほどなあ……。ほな、鶏がらスープとピーナツバターだけで、このスープができるんか？」

「んー、鶏がらスープが一人前、缶ビール一本分くらい必要なんですよ。そこにピーナツバター大さじ2、ごま油と醬油を大さじ1、お酢をちょっとだけ、あとはラー油をちょいでこの味に！　あと、肉味噌は豚ひき肉を八丁味噌と醬油と砂糖で味付けしてるんで、そこからもいい味が出ますし」

先輩は、感心したように唸った。

「意外と、そのちょっとだけの酢が効いてんねんな。こっくりしとるけど、くどくないんはそのせいか。いや、ほんまに旨い。お前、作家で食い詰めても、担々麵屋になれるぞ」

先輩はズルズルと麵を啜りながら、そんな賛辞をくれる。若干複雑な気持ちにはなるものの、嬉しいことに変わりはない。

「肉味噌の甘塩っぱさもええし、ほうれん草と白髪葱には敢えて味付けしてへんから、口の中がさっぱりする。これはなかなかええな。ブログに、『先輩も褒めとった』って書いとけや」

「あはは、じゃあ、お言葉に甘えて書かせていただきます。『先輩も大絶賛！』って」

「いきなり誇大広告や！　と言いたいとこやけど、大絶賛で嘘やない。ほんまに旨いわ。また作ってくれ……ああいや、ピーナツの収穫はもう終わってしもたんやな」

「でも、まだピーナツバターは残ってますから、もう一度くらい作れますよ。あと、バターの一部をピーナツバターに置き換えたアメリカンクッキーも美味しいらしいんで、ちょっと試してみようかなって」

「それもええな！」

甘党の先輩は、クッキーに思いきり食いついてくれる。こんな風に、僕の作る料理やお菓子を楽しんで食べてくれる人がいるのは、本当に嬉しくて楽しいことだ。

先輩はさらに作り方にまで興味を持ってくれるので、説明のし甲斐があってなお楽しい。しかも素朴な言葉で褒める名人と来れば、もう食べ手としては完璧なんじゃないだろうか。

「あんまり先輩が褒めてくれるから、僕、真面目に担々麺屋の道も模索してみようかな」

気をよくして僕がそう言うと、先輩は急に箸を置き、

「いや、食い詰めるまでは小説の道で頑張れや？　逃げ道は用意しといたほうがええけど、安易に逃げたらアカンのやで？」

と、高校時代とまったく変わらない、懐かしい「部活の先輩」の顔になった……。

十一月

つい最近まで、暑い暑いと言っていた記憶があるのだが、台風が過ぎるたび、階段を降りるように徐々に秋が深まっていく。そして今夜ついに、俺は、肌寒さで目を覚ましてしまった。

今が十一月の半ばだということを考えれば、無理もない。横たわった俺の上に載っているのは、夏用の薄い布団だけだ。

九月、十月と残暑がそこそこ厳しかったせいで、布団を冬仕様にするタイミングを逸して今日まで来てしまった。

とはいえ、今、冬用の羽布団をクローゼットから発掘するのは、いかにも億劫だ。

凍えるというほどではないので、毛布一枚あれば事足りるのだが、その毛布をいったいどこにしまい込んだのだったか。

（あ、いや、違う）

ふと、冬布団と毛布を片付けたのは俺ではなく白石だったことを思い出し、俺は無意識に身体を丸めながら嘆息した。

(そうだ、五月のある日、仕事から帰ったら、突然、布団が薄くなっていたんだった)

そんなことまでしなくていいんだぞと言った俺に、白石は、「だって、僕の布団を夏布団に替えるついでですもん。そんなことまでって言うほど手間じゃないですよ」と笑っていた。

その呑気な表情と口調に乗せられて、つい「そうか」と納得してしまったが、今にして思えば、そんなはずはない。

俺だって、あいつが来る前はひとり暮らしをしていたのだ。

布団を替えるとき、カバーを剝いで洗うことも、布団を畳んで保管袋に入れることも、新しい布団に新しいカバーを付けることも、俺にとってはかなり面倒臭い作業だった。

いくら白石が、家事が苦にならないたちだといっても、「手間じゃない」なんてことはなかっただろう。あれは、家主の俺に気を遣っていたんだな……と、思い当たる。

(とはいえ、今さらあのときはすまなかったなんて言うのも変だろうし、今度、特に意味もなくという体で、旨いケーキでも買って帰るか)

そんなことを考えていたら、腹がくるる、と遠慮がちに鳴った。

「なんだ?」

枕元のスマートフォンを取って時間を確かめてみると、午前二時半を少しだけ過ぎていた。

夕食を摂ったのが午後八時前だから、腹が減っていても不思議はない時間帯だ。

とはいえ、さすがに起き出すには早過ぎる。寝直すことがわかっているのに、夜食を口にしてしまったら、確実に腹回りに悪影響が出てしまう。

「腹が減って、しかも寒い……自宅内で遭難しそうだ」

いずれにせよ、このままで二度寝するのは難しい。空腹を解消するわけにはいかないので、せめて肌寒さをどうにかすべく、俺はいやいや寝室を出た。

白石はきっとまだダイニングで仕事中だろうから、毛布のありかを素直に訊ねるのが早いと考えたからだ。

ところが階段を降りていくと、踊り場あたりから、やけにいい匂いがふわんと漂い始めた。

寝起きの空腹には刺激が強すぎる、甘い、そして香ばしい、有り体に言えば「美味しい何かが焼けている」音だ。

(白石の奴、こんな時刻に何を……ああいや、あいつにとって、今は、俺の昼間と同じ感覚なのか)

リビングルームを通ってダイニングへ行くと、続き間のキッチンで、はたして白石はコンロの前に立っていた。

物音に気付いた彼は、不思議そうな顔で俺を見た。

「あれ、先輩？　こんな時間にどうしたんです？」

「寒うて目ぇ覚めた。毛布、どこにしまってあるか訊こうと思うてんけど、お前こそ、こんな時間に何しとうねん」

俺が訊ねると、白石は火にかけていたフライパンを片手で持ち上げ、中身を俺に見せた。

「裏おやつにすべく、ホットケーキを焼いているところです」

「裏おやつ？」

「午後三時のおやつに対して、午前三時に食べるから、裏おやつ」

「なるほど」

俺が感心していたら、白石はフライ返しで実にスムーズにホットケーキをくるんと引っ繰り返した。

見事なきつね色、しかもやけにつるっと焼き上がった表面が現れて、俺はゴクリと生唾を飲み込む。

「えらいこと上手に焼けとんな」

「きっと、粉がいいんですよ。あと、油を引かないでいいフライパンで焼くと、こんな風に滑らかに焼き上がるんです」

「粉にええ悪いなんかあんのか。あと、油、引かんでええんは驚きやな。くっつかへんか？」

「テフロン加工ですからね。強火で使っちゃいけないフライパンだから、ジワジワ焼きたいホットケーキには打って付けなんです」

常識を語る口調で説明してくれながら、白石は、調理台に置いてあった紙箱を俺に見せた。

「いかりスーパーの自社ブランド商品、けっこうたくさんあるんです。このホットケーキミックスはテレビで紹介されたらしいんで、そんなに好評なら買ってみようかなって」

「へえ。うどんやら蕎麦やらの鍋ひとつで出来るパックは、ひとり暮らしの頃、よう仕事帰りに駅前のいかりで買いよったけど、ホットケーキミックスまで作っとったんか」

「そうみたいですよ。同じ売場に、お好み焼き用の粉もありました」

「ああ、お好み焼きは、きっと旨いはずやで」

「そうなんですか?」

「いかりスーパーには、昔から『このみちゃん』ちゅうお好み焼きキットが……」

俺がそこまで言ったところで、白石はパンと手を叩いた。

「あー! それ、お惣菜売場のほうでいつも見ますよ。こんな白っぽいでっかいカップで売ってるやつ」

「そやそや。あの中に、刻んだキャベツと葱、それに紅ショウガと、粉を水で溶いたんと、山芋をすり下ろしたん、天かすと青のりと、豚バラ一枚、小海老が三尾、あとは小さめの卵がひとつ入っとんねん」

俺が指折り数えて具材を列挙するのを、白石は楽しそうに聞いている。

「凄い。フルセットですね。先輩、ひとり暮らし時代は愛食してたとか？」

「しとったな。お好み焼き用の豚バラをフライパンに広げて置くと、馬蹄形《ばていけい》になりよるねん。その真ん中の隙間に海老を並べて、弱火でジワジワ焼きながら、他の中身を全部出して、カップの中でざっくり合わせんねん。俺は、青のりまで中に入れて一緒に焼くんが常やけど、そのあたりは好き好きやな」

「へえ。なるほど、先にバラ肉を焼いておくと、肉から脂も出るし、カリッと焼き上がりますね。先輩、ちゃんと自炊してたんじゃないですか」

「あれを自炊とは呼ばんやろ。けどまあ、熱々のもんが食いたいときには、便利やったな。ふわっと美味しゅう焼けて、店で食うんと遜色なかったで」

「へえ。今度、〆切が厳しいときはそういうのを買ってみようかな」

「ああ、それはええ考えかもしれん。ちゅうか、そういうときは、何ぞ買うて帰るから、あんまし無理して作らんでええぞ。……とと、勘弁してくれや。毛布出したら寝直さなアカンのに、お好みの話とかしとったら、猛烈に腹が減ってきた」

するとと白石は、ごく当然といった顔でこう言った。

「は？　ホットケーキ、食べていかないんですか？　ちょうど焼き上がりましたよ？」

そう言うと、奴は、見事に焼き上がったホットケーキを皿に取った。そして、ボウルに残っていたドロリとした生地をレードルですくってフライパンにたらたらと落とし、二枚目を焼き始める。

俺は、口の中に湧き上がるつばを喉に流し込み、思わず後ずさった。

「先輩？」

白石は火加減を調節すると、冷蔵庫からバター、戸棚からメープルシロップを出してきて、ホットケーキの皿と共にテーブルの上に置く。

「いや、あかん。こんな時間に食うたら断じてあかん。毛布の場所だけ教えてくれ。俺は寝るんや」

「そうですか？　じゃあ、朝ごはん用に置いておきますから、チンして食べてくださいね。毛布は、和室の押し入れに入ってますよ」

「わかった。ほな、二度目のおやすみ」

「おやすみなさい」

残念そうな白石の声に送られ、俺はダイニングとリビングを通り抜け、玄関ホールに出た……ところで、ピタリと足を止めてしまった。

無理だ。

たとえ毛布を手に入れたところで、もう空腹に耐えられないと、胃がみぞおちで主張している。

一口だけ。一口だけなら許されるのではないだろうか。

きっと許される。

そんな思いで、俺はクルリと踵《きびす》を返した。

たぶん、俺が戻ってくることは予想済みだったのだろう。白石は、特に驚いた顔もせず、

「やっぱり食べます？」と訊いてきた。

「一口だけ食う」

「一枚だけ、でいいじゃないですか。絶対、焼きたてのほうが美味しいですよ」

「そら、わかっとるけど」

「はい、どうぞ。お湯がもうすぐ沸くんで、お茶も淹れますよ」

「薄めで頼む」

「大丈夫、食べたら眠くなりますって。ほら、冷めないうちにどうぞ」

重ねて促され、俺はテーブルについた。

俺本体はしぶしぶを装っているが、消化器だけはあからさまに小躍りしているのがわかる。

まだ硬いバターをナイフで切り取り、ホットケーキの滑らかな表面にそっと滑らせると、溶けた油分が一段濃い、艶《あで》やかな軌跡を描く。

じっくりバターを塗り込み、メープルシロップをタラリと回しかけると、白石言うとこ

ろの「裏おやつ」の完成だ。

「先に食うて悪いな」

「いえいえ、どうぞ」

白石が重ねて勧めてくれたので、俺はホットケーキを放射状にざくざく切り分け、皿の縁にたまったメープルシロップをつけて口に運んだ。

濃厚な甘さが口に満ち、歯を立てると、じゅわっとバターとシロップがしみ出してくる。こんがり焼けた表面の香ばしさも、内側のきめ細かい柔らかさも申し分ない。

ホットケーキというのは、こんなに旨かっただろうか。

思わずそんな素朴な感想を口にしたら、白石は嬉しそうに笑って、

「深夜割増しで、余計に美味しいんですよ」

と言った。

なるほど。タクシー料金だけでなく、罪深い美味しさも深夜割増しになるのか。カロリーは割増しになっていないといいのだが。

白石は、二枚目のホットケーキの焼け具合をときおり確かめながら、マグカップ二つにティーバッグで紅茶を淹れ、一つを俺の前に置いてくれた。

それから、少し躊躇いがちに、こんなことを訊ねてきた。

「あの、食べてる間だけ、僕の取材に協力してもらってもいいですか？」

俺は、一口だけのつもりだったことなど綺麗に忘れ、二切れ目をもぐもぐと美味しく食べ、紅茶で喉に流し込んでから答える。

「小説の取材か？　ええけど、医者でも出てくるんか？」

白石はコックリ頷く。

「はい。外科医が出てくる話を書いていて。先輩は眼科医だからちょっと事情が違うかもしれないですけど」

「言うても、医者は医者やからな。どんな取材や？」

先を促すと、白石はこんな質問を投げかけてきた。

「患者さんがよくなった以外のことで、医者をやっててよかったなと思うのって、どんなときですか？」

望みどおりやや薄めに淹れてくれた紅茶をストレートで飲みながら、俺は思わず顔をしかめた。

「患者さんがようなった以上に、よかったと思うことはあれへんねんけどな」

「そこを敢えて」

「うーん。そうやな」

旨いホットケーキのお礼にと、しばらく一生懸命考えてから、俺はようやく心に浮かんだ答えを口にした。

「勿論、医者は国家資格やから、社会的な信用が得られやすいんがありがたいな。勤務医やから、世間様が思うほどの給料はもろとらんけど、それでもクレジットカードの審査とか、落ちたことはあれへんもんな」

するとと白石は、コンロ前で小さく地団駄を踏んだ。

「それ！　それ、めちゃくちゃ羨ましいです！　僕なんか、職業欄に小説家って書いただけで、クレジットカードを作らせてもらえなかったですよ。学生時代に作っておいたやつがあって、ホントによかったです」

「あー。自営業はそのあたりが難しいて、そう言うたら聞いたことがあるな」

「そうですよ。住宅ローンなんて、きっと組めないですもん。……あ、まあ、僕のことは置いといて、他には？」

「ふむ。他はまあ、ないほうがええこっちゃけど、前に診た患者さんが、また俺指名で来てくれることやな」

「お医者さんのご指名なんて、できるんですか」

「まあ、病院にもよるやろけど、うちはできるで？　給料は固定やから、外来の指名が多くても、忙しゅうて損するだけ言うたらそうなんやけど、やっぱし、前回がちょっぱやでよう見えるようになったとか、痛みがなくなったとか、処置に安心感があったとか、説明がよかったとか……まあ、そういう評価を貰えたら、やっぱし嬉しいわな」

白石は、感心したように頷き、ホットケーキをポンと返した。半ば上の空なのに、見事な手際だ。

「患者さんからの評価が嬉しいってのは凄くわかりますけど、先輩自身としては？　その、仕事のやり甲斐とか。そういや先輩って、最初から眼科医になりたかったんですか？」

そのさりげなく投げかけられた質問に、俺はうっと言葉に詰まった。白石の奴はときおり、こうして無邪気に痛いところをついてくる。

適当に誤魔化してしまおうかと思ったが、それも不誠実な気がして、俺は思いきって、これまで誰にも言ったことのないことを白状してみた。

「正直、眼科を選んだんは、臨床実習《ポリクリ》で楽そうやなと思うた部署やったからやねん」

「楽そう？」

「他の科は……特に内科・外科・産婦人科・小児科、たまに整形外科まで入れてメジャーて言うんやけど、やっぱしそのあたりは仕事がきついねん。内容的にも、時間的にも」

「確かに、大変そうな科ばっかりですね」

「内科はまあ、部署によっては人がようけおるから、そこまでやないこともあるけど、他はすべからく激務や。それも、尋常やないレベルで」

「……なるほど。先輩が働いてる眼科は、メジャーじゃないってことは……」

「マイナーやな。他にも耳鼻科やら皮膚科やら、精神科、泌尿器科、麻酔科、放射線科……楽とは言わんけど、メジャーに比べたら、医者のＱＯＬは保たれやすい。ただ、診られる範囲は狭いわな。俺なんか、目のあたり以外のことは、よう知らん」

「でも、学生時代は全部の科について勉強するんでしょ？　研修医のときも色んな科をローテーションして修業するって、先輩、前にそんな話をしてましたよね」

「そらそうやけど、やっぱし、給料を貰う立場にならんと、本気の『必死』にはなれんもんや。研修医時代はひとつの科に費やせる時間が短《みじこ》うて余裕がないから、上っ面しか勉強できへん。結局、専門の科を選んで落ちついて、やっと本気の勉強を始められるねん」

「へえ……。そういうもんですかね」

「そういうもんや。まあ、外科や小児科の同期を診てると、ようやるなあて思う。やっぱし、好きやからこそ、なんやろな」

「先輩は、眼科の仕事は特に好きじゃないんですか？」

俺はまた少し考え、ホットケーキを二切れ食べてから答えた。

「選んだときは、特に好きも嫌いもあれへんかったけど、今は好きやな」

「どんなところが？」

「やっぱし、人は感覚の中では、視覚にいちばん頼って生きとるからな。それが損なわれたら、やっぱし不安やし、不便やろ。メバチコ一つできても、生活の質は落ちるもんやからな」

「あー、目がゴロゴロすると、気が散って原稿書けませんもんね。たまに追い込みのとき、眠くて目を擦りすぎて、やっちゃうことがあります」

「子供か！」

「こっちに来てからは、先輩のお世話にならないように気をつけてますって」

照れ笑いしながら、白石は焼き上がったホットケーキを皿に載せ、俺の向かいに座った。

ナイフでバターをごく薄く削ぎ、それをホットケーキの上に並べていく。

ヨーロッパでスレート屋根を葺《ふ》く職人のようだと思いながら、俺は言った。

「せやから、そういう不便やら不安やらを解消する手伝いをすること自体、嫌いやないわな。まあ、ええ科を選んだと思う。給料と仕事のバランスっちゅう意味でも、やり甲斐っちゅう意味でも、ほどようてええ感じや」

「なるほどなあ。よその科に移りたいとか、考えたことはないですか？」

「俺はあれへんな。開業も今んとこは考えたことがあれへんし。……こんなんで小説の役に立ちそうか？　もっと、仕事に燃えとる同期でも紹介したろか？」

俺はそう申し出たが、白石は首を横に振った。

「いえ、先輩の言う『ほどよい』って感覚、僕、なんだか好きです。最高！　とか最低！　みたいなことじゃなくて、ほどよい……なんか、リアルな感じがします」

「そういうもんやろか」

「やりたい仕事がハッキリしてて、その道に予定どおり邁進《まいしん》して、しかもそれを本当に幸せに思えるなんて人、そう多くないですもん。先輩のその流され感と適当さと、それでもやり甲斐を感じてるあたり、やっぱりリアルですよ」

「ふうん。ようわからんけど、お前はどうなんや？　小説家には、なりとうてなったんやろ？」

普段、お互いの仕事についてあまり突っ込んだ話はしないので、俺はぼんやり抱いていた疑問を投げかけてみた。

白石は、ちょっと面食らった様子で目をパチパチさせ、ホットケーキをお好み焼きのように端から四角く切り分け、頬張りながら答えた。

「勿論、そうです。でもまあ、向いてないとか、才能ないとか、しょっちゅう思いますよ。だけど、他にやりたいこともできることもなさそうなんで」

「妥協と惰性と挫折と、それでもその仕事が『好き』っちゅう情熱の混合物か。まあ、俺も似たようなもんやな」

何げなくそんなことを言うと、白石はパッと顔を輝かせ、立ち上げたままだったらしきノートパソコンを引き寄せた。

「それ、貰います！　先輩は、ちょいちょいいいこと言ってくれるから助かるなあ。僕の小説の登場人物のＩＱが、先輩のおかげで少しだけ上がりましたよ」

「……役に立つんやったら、好きにせえよ。ホットケーキ代や」

「お代、頂きました！」

嬉しそうにキーを叩く白石を見ながら、なるほど、これがこいつにおける「好き」という情熱の形か……と、俺はしみじみと納得した。


翌日の、午後一時過ぎ。

俺は、芦屋市内にある、提携先のとある総合病院にいた。

常任の眼科医がいない病院なので、俺は週に一度、ひとりで外来診療を担当しているのだが、今日は、月に一度の手術の日である。

朝から六件入っていた白内障の手術をすべて首尾良く終え、俺はようやく昼休みに入ることができた。

午後からはさらに十件の手術が待っている。

本来の職場ではありえないハードワークだが、腕を磨くにはいい戦場だ。

正直、昨夜の「裏おやつ」のせいで寝不足もいいところだが、手術に次ぐ手術でアドレナリンが出まくって、どうにかやり遂げることができた。休み時間に入るなり恐ろしく眠いが、これが正常な状態なのだろう。

眼科の医局というのは存在しないので、この病院に来ているときの俺の休憩場所は、同じく常任医師がいない科の医師たちと共通で使う、「非常勤医師休憩室」というプレートがかかった部屋だ。

　そう広い部屋ではないが、やけに立派なソファーセットと簡易キッチン、それから金属製のロッカーと、テレビが備え付けられている。

　今日は、他の医師たちの姿はなかった。日によって、こんな風に孤独なことも、やけに賑やかなこともある。

　俺としては、休憩時間はひたすら身体を休めたいので、人が少ないほうがありがたい。

　コーヒーテーブルの上に、「遠峯先生用」と書かれた小さな紙箱が置かれているのを見て、俺は頰を緩めた。

　この病院の事務室には親切な五十代くらいの女性事務員がいて、いつも出勤してきたときにお茶を出してくれ、昼食の希望を聞いてくれる。

　病院に職員用の食堂がないので、朝にリクエストしたものを、昼休みまでに買ってきて、テーブルに置いておいてくれるのだ。

　いつもは米八《よねはち》のおこわ弁当やマクドナルドのハンバーガーなどを頼むのだが、今日は、ホットケーキの影響か、あまり腹が減らない。

　だから、ここぞとばかりに、とっておきの「ちょい食べ」用スナックを要望しておいた。我《わ》が儘《まま》なリクエストだったのだが、ちゃんと叶えてくれたようだ。

腰を屈《かが》めて白い紙箱を開け、俺は中をワクワクした気持ちで覗き込んだ。

箱の中には、ふっくらと焼き上がったミートパイが二つ、入っている。

アップルパイが有名な店「カロル」のものだ。アップルパイが旨いことはわかっているが、甘いものは昨夜堪能したので、今日はしょっぱいパイの気分だった。

カロルのミートパイは、四角いパイ生地を半分に折り畳んだ三角形をしている。真ん中はフィリングで盛り上がっているのだが、それ以上に、縁はパイ皮が地層のように見事に膨らんでいるので、むしろそちらが目立つ。

端っこは特にこんがりと焼き上がり、見ているだけで失われていた食欲が戻ってきた。

つい、気が急《せ》くところだが、慌ててはいけない。

事務員が添えてくれたメモには、「お店の人が、必ず温めて食べてくださいと言っていましたよ！」と書かれている。

きっと冷めたまま食べても十分に旨いだろうが、そこは作り手に敬意を払い、言われたとおりにするのが客の心得というものだろう。

俺はやる気持ちをぐっと抑えて、共用のオーブントースターにアルミホイルを敷いた。最近では、「くっつかないホイル」なんてものがあるのかと感心する。なるほど、片方の面に、テフロン加工が施してあるらしい。

念のため、箱の注意書きをよく見ると、思いきり反対に敷いている。これではくっつき放題だ。俺は慌てて、トースターの網に載せたホイルを引っ繰り返した。

　ダイヤルを適当に回して加熱を始め、ときおり開けてパイに触れ、温め加減をチェックする。焦がすとせっかくのパイ生地の風味が損なわれるので、ここは慎重にやらねばならない。

　トースター前に立っていると、扉が開いて、ひとりの女性医師が入ってきた。

　医大時代の二年下の後輩にあたる、秋山《あきやま》だ。学生時代は面識がなかったが、ここでときおり顔を合わせ、話をするうちに、実は同窓であることがわかった。

　医学部は狭い世界なので、同窓というだけで、何となく仲間意識が芽生え、互いに業務に便宜を図ったり、協力したりするきっかけになる。

　秋山は皮膚科の医師で、やはりここには常勤医がいないので、週に二度ほど外来を担当しているらしい。

「お疲れ様です、遠峯先生。何してらっしゃるんですか？」

　医大入学を機に横浜《よこはま》からやってきた秋山は、もうずいぶん長くこっちにいるのに、頑《かたく》なに向こうの言葉を崩さない。

　まあしかし、白石などは、関西出身のくせに、ちょっと東京暮らしをしただけで容易《たやす》くあちらの言葉に染まってしまった軟弱者なので、秋山の頑固さはむしろ頼もしいくらいだ。

　そしてこれは白石も言っていたことだが、こちらの人間は、中途半端な関西弁を嫌う傾向にある。俺にもややその傾向があるし、患者さんにもそういう人は多いだろう。

わざと関西弁を使おうとしないほうが、秋山も患者もハッピーな気持ちで付き合えるのかもしれない。

そんなことを考えながら、俺は腕組みを解き、トースターを指さした。

「昼飯のミートパイをな、温めとるねん」

すると秋山はたちまち呆れ顔になり、「温めるなら電子レンジのほうが早いでしょ」と言った。

別にことさら悪く解釈するつもりはないが、言葉の響きにどこか否定的なものを感じて、俺は大人げなくムッとした顔で言い返す。

「電子レンジなんか使《つこ》うたら、せっかくのパイ皮がへにゃっとなるやろ。俺は、パリッ、さくっ、で食いたいんや」

「わー、凄いこだわり。パイ一つのために、そんなに何分もトースターの中を覗いてるなんて、私には耐えられないです」

やっぱり明らかに小馬鹿にした調子でそう言って、秋山は冷蔵庫を開けた。中から、サラダの大きな容器を取り出す。どうやらそれが、彼女がリクエストした昼食であるらしい。

流行《はや》りの炭水化物制限ダイエットとかいうやつだろうか。

なるほど、そんなストイックな食事制限をしている人間にとっては、昼からバターたっ

ぷりのパイを食べる人間など、信じられない存在なのかもしれない。

だが、いいのだ。今日は終日、手術で身体を酷使するので、パイ二つくらいのカロリーは、余裕で消費されるはずだ。

「パイ一つ違うわ、二つや」

無愛想に言い返し、俺はトースターに視線を戻した。

暇人扱いするなら好きにしろ。俺はただ、目の前のパイと誠実に向き合いたいだけだ。

見ろ、この美しい加熱具合を。

トースターを開けるとフワッとバターの豊かな香りが漂うが、決して焦げてはいない。

我ながら惚《ほ》れ惚《ぼ》れするような、完璧な温めだ。

「あちッ」

俺は指先をチリッと焼かれつつも、ミートパイを二つとも注意深く皿に移し、用済みのアルミホイルを小さく丸めてゴミ箱に放り込むと、秋山の向かいのソファーに腰を下ろした。

秋山は、サラダにドレッシングを掛け、パリパリといい音を立てて食べている。

見れば、野菜の上にけっこうたっぷりのチキンが載っていた。いかにも健やかな食事という趣だ。

俺は彼女の視線を感じつつ、それをサラリと無視して、ミートパイをひとつ手に取った。

ほどよく温まったパイに触れると、それだけでパイ皮の欠片がパラパラと落ちる。いかに一層が薄く、カリッと焼けているかがわかる瞬間だ。

まず一口めは、三角形の一角を齧って、パイ皮だけを味わう。

心地よい、粉とバターの味が口に広がった。やはり、この店のパイ皮は上等だ。リッチで、それでいてとても軽い。

二口目から、フィリングも口に入ってきた。

挽《ひ》き肉にみじん切りの玉ねぎと人参をあわせ、控えめに塩と胡椒で味をつけてある。

決してパンチの利いた味ではないが、優しい、きっとヨーロッパの大昔の家庭では、こういう味のミートパイが作られていたのだろうなと想像したくなるような、素朴な味だ。

食事というよりは、おやつ感覚のパイを二つ、ペロリと平らげ、俺は脂のついた手をウエットティッシュで拭うと、皿を洗った。

テレビでは、昼の情報番組が、先日、他県で起こった猟奇的な殺人事件の最新ニュースを流している。あまり食事のお供にはよろしくない感じの話題だが、秋山は特に気にする様子もなくサラダを平らげ、ロッカーを開けた。扉の向こうから、声が飛んでくる。

「遠峯先生、確か甘いものがお好きでしたよね？　こないだ、事務員さんにチョコレートもらって、わりと本気で喜んでましたもんね」

見なくていいところをしっかり見ている奴だ。俺は少々気まずく、しかし素直に認めた。

「仕事終わりのコーヒーにチョコレートがついてきたら、少しは嬉しいやろ。っちゅうか、甘いもんは、まあ好きやな」

「だったら、お荷物なんですけど、これを持って帰ってくださいな」

そう言うと、秋山は細長くて黒い紙箱をロッカーから出してきて、ローテーブルにそっと置いた。

「何や、これ？　酒か？」

「いいえ。先生がお好きならいいなと思う、甘いものです。この前、うちの子がお世話になったお礼にと思って、取り寄せてみました。今日、お会いできたら渡そうと思ってたので、ちょうどよかったです」

秋山の言葉に、俺はしばらく記憶をたぐり、そういえば先々月、彼女の小学生の一人息子に眼鏡用の処方箋を書いてやったことを思い出した。

「あんなもん、気を遣うてもらうほどのことやないのに」

「いいえ。目は大事ですから。プロに眼鏡の処方をしていただけて、助かりました」

「上手いこと使えてるか？　頭痛とかはないか？　大人やったら、暮らしぶりや仕事内容を聞いて度を加減するんやけど、子供はなかなか調整が難しいからな」

「元気ですよ。黒板の字とドッジボールのボールがよく見えて嬉しいって言ってます」

「ほなよかった。……開けてみてもええか？」

「勿論。気に入ったら、是非持って帰ってください」

そう言われて、俺は紙箱を開けてみた。

中に入っていたのは、やはりワインボトルとしか思えない形状のガラス瓶である。

白っぽいラベルには、ごくシンプルに小さく、「ＩＣＨＩＺＵ」と印字されている。

「……一途《いちず》？」

秋山は、不思議そうな俺を見て、ふふっと悪戯っぽく笑った。

「北海道の清月《せいげつ》っていうメーカーが作ってる、『飲む羊羹』です。何ヶ月も待たないと買えない人気の品なんです」

「へえ、そら貴重なアイテムやな。そやけど、飲む……羊羹？　それは、薄めたこしあんとはまた違うもんなんか？」

俺が訊ねると、秋山は真顔で答えた。

「全然違います。小豆はむしろ、普通の羊羹より倍くらいたくさん使ってるらしいですよ。凄く味が濃いです」

「へえ。せやけど、飲めるんや？」

「飲めるっていっても、ボトルから出すのにけっこう元気よく振らないとダメですけど」

「……微妙やな」

「その点においては、正直、微妙です。でも、味は凄くいいし、飲むだけじゃなくて、バニラアイスにかけると最高なんです。うちは家族全員、その食べ方が大好きで」

「その旨さは、想像に難くあれへんな」

「でしょう？　パンでも氷でも、何にかけても美味しいですよ。試してみてください」

「ほな、ありがたく」

日常業務を行っただけで、特に感謝されるようなことではないのだが、やはり自分の処方が喜ばれていると思うと嬉しいし、ここは素直に受け取ったほうが、彼女も気が楽なのだろう。

「じゃ、私は次の病院に移動なので、これで。失礼します」

秋山はロッカーから上着を出して羽織ると、足早に部屋を出ていった。皮膚科のドクターもなかなか忙しいようだ。

ひとりになった俺は、スタイリッシュな細い瓶をしげしげと眺めた。

今、一口試してみたい気持ちはあるが、やはりここは帰って、白石と一緒に試食、いや試飲してみよう。あいつのブログのネタにもなるかもしれない。

そして……さっきの秋山の話で思いついたのだが、もしや、この「飲む羊羹」、シロップ代わりにホットケーキにかけてもすこぶる旨いのではなかろうか。

昨夜、白石は、粉が半分残っていると言っていた。

さすがに深夜の「裏おやつ」はまずいが、週末の朝食に、「飲む羊羹」をかけたホットケーキをリクエストしてみよう。

そんな新たな楽しみに顔が緩むのを感じながら、俺はボトルを箱に戻した。

そして、午後からの手術に備えて十五分のアラームをかけ、短い昼寝をすべくソファーに長々と横たわった……。

十二月

「今朝の分、開けちゃいますよ〜」

ダイニングテーブルのほうに向かって声を掛け、「ええよ」の声を待って、紙で出来た小さな扉をペリリと開ける。

中から取りだしたのは、丸くて小さなチョコレートが二つだ。

一つを自分の口に入れ、もう一つをテーブルで朝ごはんの真っ最中の先輩の前に置く。

「はい。今日のはホワイトチョコでした」

「おう」

トーストに苺ジャムを塗って齧っていた先輩は、当たり前のようにパンを皿に置き、ぺりりと包装を破ってチョコレートを口に放り込んだ。

「甘いな。なんぼ俺でも、ホワイトチョコはさすがに甘すぎて、ようけは食われへん」

「あんまりホワイトチョコを大量食いする機会はなさそうですけどね」

僕は笑いながら、「明日はちょっと苦いやつだといいですね」とリビングルームのほうを振り返った。

さっき僕がチョコレートを取り出したのは、リビングルームの壁に取り付けられた、平べったい大きな紙箱からだ。

その正体は、先月末、遠峯先輩が物凄く嬉しそうな顔で持ち帰ってきた、ロイズのアドベントカレンダーである。

アドベントカレンダーというのは、たぶんもとはヨーロッパの習慣なんだろう。

要は十二月一日からクリスマスイブまでのカレンダーなのだが、毎日、一つだけその日の分の箱やら窓やら引き出しやらを開けられるような構造になっていて、中には必ず何か小さくて楽しいものが入っている、という趣向だ。

たとえば、中に入っているのがオーナメントなら、クリスマスツリーの飾りをひとつずつ増やしていけるし、化粧品なら、毎日、お試しサイズのコスメを手に入れることができる。

そして先輩が持ち帰ったもののように食べ物が出てくるなら、毎日、美味しいものを一口食べられるというわけだ。

何にせよ、毎日、何か素敵なものをゲットすることで、クリスマスを心待ちに過ごすというのが、アドベントカレンダーの目的に違いない。

ロイズのアドベントカレンダーには、毎日、違う種類のチョコレート菓子が入っている。窓の大きさはまちまちだし、場所もランダムで、毎日、その日の窓を探すのが最初のうちは大変だけれど、中にはたいてい小さなチョコレートが二つずつ入っている。

先輩はそうしたことを熟知していて、カレンダーの大きな箱を、画鋲《がびょう》を使って壁に固定しながら、「毎日、一つずつな。あっ、せやけど一つしか入ってへん日は、俺のやで」ときっぱり宣言した。

なるほど、ウエハースの日だけは、嵩張《かさば》るので一つしか入っていない。僕は約束を守り、それについては先輩に譲った。だから、ウエハースの味だけは知らないままだ。他は全部……プレーンも、花模様がついたものも、中にフレーバーシロップが入ったものも、すべて美味しい。

最初のうちは、いい歳《とし》の大人がこんな子供向けのものをわざわざ買わなくても、チョコレートが食べたいなら、チョコレートを買って毎日食べればいいのにと、僕は正直、先輩に呆れていた。

それが今では、先輩を差し置いて、毎朝真っ先にその日の窓を探して開け、どんなチョコレートが入っているだろうかと指を突っ込むのがすっかり習慣になってしまった。

そして、今日の窓に印刷されたナンバーは、「8」。

そう、僕にとっても先輩にとっても、特別な日だ。

僕は、先輩の真ん前に立って、高らかに言った。

「ディナーのリクエストを承りますっ！」

だが、先輩の反応は、恐ろしく鈍かった。再びトーストを片手に持ったまま、胡乱《うろん》げに僕の顔を見上げる。

「あ？　朝から何プレイやねん、それは。執事か？　そう言うたら、世間では流行ってるんやったか？」

僕はちょっと拍子抜けして、肩を落とした。

「そんなものが流行ってるなんて、初耳ですよ。確かに、執事喫茶とかはたまに聞きますけどね。……じゃなくて、プレイでもなくて、今日は先輩が主役の日でしょ？」

先輩はますます訝しげに、眉間に浅い縦皺を刻んだ。

「あ？　まあ確かに、外来では第二診察室の主役やけど」

「そっちじゃなくて！　誕生日でしょうが！」

「誕生日？　誰の？」

とぼけた答えが本気なのかわざとなのかわからなくて、僕は物凄く曖昧なテンションでツッコミを入れた。

「誰のって、他でもない先輩のですよ！　十二月八日！」

「俺か！　マジか。そうか、今日、八日か」

自分を指さして驚く先輩の表情にはわざとらしいところはまったくなく、僕はすっかり気抜けしてしまった。

僕の誕生日はきっちり覚えているくせに、自分の誕生日には無頓着すぎやしないだろうか。

いや、先輩が覚えていようがいまいが、関係ない。

僕はきっちり誕生日を祝ってもらったのだから、ちゃんとお返しがしたい。

先輩にも、誕生日はいいものだと思ってほしいし、そのために僕なりに全力で頑張ろうと決意しているのだ。

だから僕は、気合いを入れ直してもう一度訊ねた。

「というわけで、平日ではありますが！　先輩の好きなものを食べにいくなり、僕が作るなり！　なんでもリクエストを受け付けますよ。何、食べたいですか？　勿論、僕がご馳走しますから、好きなものを言ってください」

「あー……。そらどうも、ありがとうな」

先輩は、片手にトーストを持ったまま、もう一方の手の指で、照れ臭そうに頬をポリポリと掻いた。しかし、しばらくトーストをかじりながら考え込んでいた先輩は、あっさりこう言った。

「ありがたいけど、普通でええわ」

「ええっ？」

もしや、先輩は、僕なんかに誕生日を祝われたくないのだろうか。

確かに僕は、先輩ほど財力がないから、三つ星レストランを希望されたりしたら少しばかり懐が軽やかになってしまうけれど、でも、日頃のお世話に感謝の気持ちを示すくらいは、させてくれたっていいじゃないか。

いくら何でも、この仕打ちはひどくないだろうか。

あからさまにショックを受け、あからさまに落ち込む僕に、先輩はちょっと慌てた様子で、すぐにフォローの言葉をくれた。

「いや、気持ちはありがたいんや。ホンマやぞ。食いたいもんもある。せやけど、平日の夜にご馳走が出てくると、飲みたなるやろ。飲むと翌日に響くやろ？」

「それは、まあ多少は」

「明日、俺はオペ当番やからな。万全の体調で臨まんと、患者さんに申し訳ない」

先輩が、物凄くちゃんとした理由で、今夜のお祝いディナーを断ったことを知り、僕は、今度は急に恥ずかしくなった。

「うう。すみません。僕、そういう事情を考えず、勝手なこと言っちゃって」

「違うねん。お前に恥を掻かせたいんと違う。こっちこそ、言葉が足りんですまん」

先輩は片手を振りながら、こう提案してくれた。

「そやけど、今日、何もないっちゅうんも寂しいから、カットケーキだけ買うといてくれや。アンリのショートケーキがええわ」

それを聞いて、しょんぼりしていた僕も、思わず噴き出してしまった。

「またですか！」

そんな言葉が出てしまう。

先輩は、アンリ・シャルパンティエの苺のショートケーキが本当に好きで、ことあるごとに買ってくる。

なんでも、以前は「御影高杉《みかげたかすぎ》」のショートケーキが至高の逸品だったそうだけれど、お店がなくなってしまったので、次点のアンリ・シャルパンティエが首位に繰り上がったのだそうだ。

「他にも、旨いショートケーキはいくらもあるけどな。手に入れやすさと味の安定感を加味すると、一番や」

そんなわかるようなわからないような理屈を今朝もきっぱり口にして、先輩はこう続けた。

「ほんで、晩飯はいつもどおりでええ。むしろ、ちょっと軽めでええわ。その代わりに」

「別の日にディナーにします？」

「いや、ランチにしよう」

「ランチ？」

先輩は残ったトーストの端っこを口に押し込むと、もごもごと言った。

「夜に重いもんを食うと、週末でも胃にこたえる上に、身にもつく。俺もそろそろそういうお年頃やからな。ご馳走は昼がええ。構へんやろ？」

僕は、こくこく頷く。

「先輩の誕生日祝いなんで、先輩の好きなように」

「よっしゃ。ほな、土曜の昼に、元町の『武蔵《むさし》』でトンカツを奢ってくれ。ええか？」

「勿論です！」

僕が頷くと、先輩は笑ってコーヒーを飲み干し、立ち上がった。

「楽しみが長《なご》う続いて、かえってお得やな。今夜はショートケーキ、土曜はトンカツや。仕事が頑張れる気がしてきた。……ほな、行ってくる」

「はい。行ってらっしゃい。僕は寝ます」

「おう、おやすみ」

スーツのネクタイをきちんと締め直し、ジャケットを着込み、その上からトレンチコートを着て、仕上げにバッグを肩から掛ける。

いつもと同じルーティンで支度を済ませ、先輩は颯爽《さっそう》と出勤していった。

それをぼんやり見送り、欠伸をしながら洗い物をしているところで、もしかしたら、先輩が僕の懐を気遣って、「ランチにしよう」と言ってくれたのではないかと思い当たる。

どうしてもディナーとなると、どんな店で食べても、そこそこ値が張る。だから、リーズナブルなランチで、僕の負担を減らそうとしてくれたに違いない。

「まったく。先輩は、いつまでもそうやって、びゅーびゅー先輩風を吹かすんだから」

キュッとお湯を止め、僕は思わず溜め息をついた。

先輩の家に格安で住まわせてもらって、家賃と生活費がずいぶん浮いているおかげもあるけれど、小説家としての仕事も増えたので、僕とて少しばかりの余裕はあるのだ。

先輩に豪華ディナーを年に一度ご馳走するくらいのことは、全然余裕とまでは言わないけれど、無理のし過ぎにはならないのに。

でも一方で、いつまでもそんな風に十代の頃の上下関係を忘れない先輩の優しさが、しみじみと胸に染みてくる。

「たぶん、先輩にとっては、一生僕は頼りなくて危なっかしい後輩なんだろうな」

いつか、どーんと小説が売れたら、先輩も安心してくれるだろうか。

いや、そんなことはまずないけれど、僕が何かの文学賞を貰うようなことがあったとしても、先輩はやっぱりずっと僕を後輩として案じてくれるに違いない。

申し訳ない気持ちと嬉しい気持ちと、どうにもくすぐったいような気持ちがない交ぜになって、僕はひとりでとても微妙な笑みを浮かべてしまう。

（僕、甘えちゃって、いいんだよな。それが後輩の「役割」でもあるんだよな、きっと）

そう思うと、色々な感情の中から、やっぱり「嬉しい」がにょきっと飛び出してくる。

大人になっても、こんな風に気に掛けてくれる人がいるというのは、幸せなことだ。

つくづくそう思ったとき、長らく会っていない両親の顔がふっと脳裏を掠めて、僕はギョッとした。

父も母も、僕がちゃんと大学を卒業して、いい会社に就職して、堅実な人生を歩むことを願っていた。

だから、僕が社会の波を渡り損ねて心を病み、そういう順風満帆な人生からドロップアウトしたことにも、その後、小説家なんて、明日をも知れない商売を選んだことにも、心底ガッカリしたに違いない。

怒った父に「二度と帰って来るな」と言われて、本当にそれ以来、一度も帰っていない……どころか、年賀状程度しか出していないことについては、少しは反省している。

でも、春にそこそこ売れた本にサインを入れて実家に送ったとき、携帯電話の番号と、「元気にしています」と報告のメッセージを添えておいたのに、あちらからもまったく連絡がないのは、どうかと思う。

先輩にそう愚痴ると、「いや、お前から電話なり何なりせえよ」と失笑されてしまったのだが、何しろ僕は、事実上、勘当された息子だ。

僕のほうから、「お元気ですか?」と電話したり、帰宅したりするのは、あまりにもハードルが高い。

できたら、勘当したほうから、「あれはやっぱナシ」と言ってくれたほうが、ずいぶん色々とスムーズだと思うのだ。

いや、両親のほうに、勘当を帳消しにするつもりなどないなら、僕としてももう諦めざるを得ないのではないだろうか。

勿論、両親に会いたい気持ちはなくはない。

でも実家を離れてからの時間が長くなるにつれ、薄情なことだけれど、だんだん心の中で、家族が占める割合が減ってくるのを感じる。

決して「会いたくない」ではないものの、「会わなくても別に平気」になってしまうのだ。

(はあ……。どうしてこんなことになっちゃったんだろうな。人生の途中までは、当たり前みたいにずっと一緒にいたのに)

つい、実家のキッチンのことなどを思い出していたら、胸がギュッと苦しくなってきた。

里心というのは、こういう感じなんだろうか。

(ああ、ダメダメ。昼には起きて、売りきれる前に先輩のお誕生日ケーキを買いに行かなきゃいけないんだぞ。早く寝なきゃ)

切なさを持て余した僕はぶんぶんと首を振り、両親の顔を頭から追い出した。そして、歯を磨いて寝るべく、足早に洗面所へと向かった……。

そして、土曜日の正午。

僕たちは、JR元町駅から南へ徒歩五分ほどの場所にある「とんかつ 武蔵」のテーブル席にいた。

早めに行けば大丈夫だろうと思っていたら、僕たちがありつけたのは最後の空きテーブルだった。その直後も、次から次へと客が来て、店外で待機を余儀なくされている。

危ないところだった。

「おうおう。誕生日分の運は、ここで使い果たしたな」

先輩はそう言って、ちょっと悪い顔で笑った。

元町駅の周囲には飲食店がたくさんあるのだが、この「武蔵」に入るのは初めてで、少し緊張する。

店名の「武蔵」というのは勿論「宮本武蔵《みやもとむさし》」のことで、もともとは「とんかつ」と「えびかつ」を二刀流で提供していることから、その名を借りたらしい。なるほど。

そして、もともとは三宮センター街で開業していた老舗であり、阪神《はんしん》・淡路《あわじ》大震災の後に移転してきたのが、この店舗だそうだ。

先輩からそんな前情報を得ていたので、てっきり、メニューは二種類なのかと思っていたら、もっとあった。

そもそもトンカツは、ヘレカツとロースカツの二種類がある。それから、えびカツ定食や、えび椎茸定食もあって、なかなか悩ましい。

あまり選択肢が多すぎると、僕は混乱して注文が決められなくなるたちなのだ。

「あれ、ここはもしかして……」

メニューを見ながら、僕は首を傾げた。先輩は、キョトンとして僕を見る。

「どないした?」

「もしかして、昼でも夜でも、メニュー一緒ですか?」

「基本、そやろ」

先輩があっさり頷いたので、僕はいきなり脱力してしまった。

「なんだ～」

「は? なんやねんな」

「いや、先輩がランチっていったの、僕の経済的負担を心配してくれたのかなって勝手に思ってたんですよ、僕。一応、少しは稼いでるんだから、心配してくれなくて大丈夫なのになあって。なーんだ、昼でも夜でも値段は一緒かあ。しかも、そこそこお高い!」

思わず正直に白状した僕に、先輩は苦笑いした。

「アホ。お前が頑張って働いとるんは、同じ屋根の下で暮らしとったら、なんぼ生活時間帯が違ってもわかるわ。来たばっかしの頃はともかく、今のお前に、そこそこの晩飯をいっぺん奢られるくらい、俺は平気やで」

「じゃあ、ホントに夜はカロリー的にヤバイから昼にってことだったんですか？」

「そやで。揚げもんを心ゆくまで食うんやったら、やっぱし昼やろ」

「なあんだ。でも、確かにそうですよね。ここ、揚げ物しかないいや」

「そういう店や。ほんで、お前、何にする？」

「ええと僕は……じゃない！」

先輩がいつものように訊いてくれたので、僕はうっかり答えそうになって、あやういところで我に返った。

「駄目ですよ。今日は僕がご馳走するんですから、僕が訊ねるべきでしょ？　先輩は何にします？」

すると先輩は、メニューも見ずにスパッと答えた。

「ヘレカツ定食と、えびカツ単品で。そのくらいの贅沢は許されるんやろ？」

僕は、勢い込んで頷いた。

「勿論です！　年に一度のことなんですから、どーんと奢らせてください。あっ、でも、そういう注文の仕方ができるのか。先輩、ここはよく来てたんですか？」

「トンカツを食いたいときはちょいちょいな。まあ、贅沢ランチの選択肢のひとつやな」

「なるほど～。僕もそうしよっかな。食べられますかね？　揚げ物アンド揚げ物って」

店員が他の席へ運んでいく皿をチラと見て、僕はふと不安になった。

何カツかまではわからなかったが、けっこうボリュームがありそうに見えたからだ。

しかし先輩は、キッパリと「大丈夫や」と言った。

「ホントに？」

「ここのカツは、油切れがええから、全然もたれへん。安心せえ」

他の人が言うことならともかく、先輩は何だかんだ言って結構なグルメなので信頼できる。

「じゃあ、僕も先輩と同じのにしよう！」

「おう、いちばんお勧めの取り合わせやで」

先輩がニヤッと笑ってそう言うので、僕は安心して右手を軽く挙げ、白い上っ張りを着た女性店員を呼んだ。

どうやら、定食と単品の取り合わせで注文する客も少なくないようで、店員は特に驚いた風もなく、「はーい」と注文票にカリカリとオーダーを書き付け、白木のピカピカのカウンターの横から調理場へ入っていった。

客席からは、カウンターの向こうに立つ料理人の手元はまったく見えない。それは少し残念だけれど、それにしても清潔な店内だ。

全体的にウッディな内装、しかもガラス張りなので、そう広くない店舗だが、開放感があって明るい雰囲気だ。

小上がりの座敷スペースでは、若い夫婦が赤ちゃんを座布団の上に寝かせて美味しそうにトンカツを食べていて、何だかほっこりした気持ちになってくる。

客層は老若男女まんべんなくいる感じで、広く愛されている店なんだなと、それだけで感じられた。

「ここはけっこう待ち時間が長いから、回転が悪いねん。スムーズに座れてよかったな」

先輩はそんなことを言った。

「揚げるのに、時間がかかるからですか？」

「そやそや。十五分くらいは余裕でかかる」

「マジで！　すっごく分厚いカツなのかな」

「分厚いっちゅうか、丸いっちゅうか」

「丸い……？」

首を傾げつつ、鉄瓶で出された熱いほうじ茶を飲みながら待つこと、本当に十五分あまり。

ようやく僕たちのところに、料理が運ばれてきた。

「はーい。まずはヘレカツね。すぐえびカツも来ますよ」

元気な声でそう言いながら、店員が皿を並べていってくれる。

ぼってり厚みのある褐色の大皿に、ヘレカツと角切りのキャベツがこんもり、そこに大きなラディッシュが添えられている。

肝腎のヘレカツは、細長い棒状のものが、既に六つに切り分けてあった。先輩が言うとおり、確かに断面は丸と四角の間くらいの感じだ。

なるほど、ヘレ……もとい豚のヒレ肉を形のまま揚げた感じだろうか。皿が大きいせいで、あまりボリュームがないように見えるけれど、実はけっこう大きいのかもしれない。

衣は薄目で、じんわりゆっくり火を通したのだろう、肉の中心部あたりからは、表面がつやっとする程度に肉汁が滲んでいる。

「皿に肉汁がだばだば漏れ出すようなことはあれへん。中にちゃんと閉じこめられるように揚げとるんや」

何故かちょっと自慢げにそう言うと、先輩は僕に軽く頭を下げてくれた。

「どうもありがとう。ご馳走になるわ」

「いやいやいや！　ささやかなお祝いですいません。じゃあ、お誕生日おめでとうございます……した？」

「そこはおめでとうございますでええやろ」

苦笑しながら、先輩は湯呑みを軽く持ち上げた。僕も湯呑みを持ち、先輩の湯呑みに軽く当てる。

本当はビールでも頼もうかと思ったけれど、先輩が、「ビールは腹が膨れる。しっかり料理を堪能したいから、お茶でええわ」というので、そういうしまらない乾杯になってしまったのだ。

でも、確かにがっつり定食を食べるなら、お茶のほうがいい。

僕たちはほぼ同時に「いただきます」と言って、箸を取った。

まずは、味噌汁を一口。味噌汁というより、豚肉の小さな角切りが入った赤だしだ。あまり味噌の味が強すぎず、熱々で美味しい。

先輩は慣れた手つきでヘレカツに小皿のソースを絡め……というより、もはやソースに沈める勢いでたっぷりつけると、口に運んだ。

「ソース、そんなにつけちゃうんですか?」

「これがええねん」

先輩はとても幸せそうな顔でそう言って、もぐもぐとカツを頬張っている。

うちでもトンカツは時々するけれど、こういう揚げ方は勿論したことがない。いつも一口カツにしてしまうから、今のように、子供みたいに口いっぱいカツを頬張る先輩の姿は、なかなか貴重だ。

「へえ……」

僕は、試しに少しだけソースをつけてカツを食べてみた。そして、すぐに先輩の言葉が正しいと悟る。

この店のソースは、甘さと酸味のバランスがよくて、とてもサラリとしている。だから、さっきの先輩のようにビックリするくらいつけても、繊細な豚肉の味を邪魔しないのだ。

「俺はそういう上品な食い方はせえへんけど、塩で食う手もあんで？　あと、マスタードも」

先輩がそう教えてくれたので、一きれは塩で食べてみた。

確かに、肉の味をストレートに感じるのは塩だろうが、僕もやっぱり、ソースがいい。そして、マスタードはきっとこのソースには合うけれど、できるだけシンプルに食べたいから、ソースだけでいい。

カツにドボドボにソースをつけ、ピカピカのご飯の上に載っけて食べる。

こんな幸せが、世の中に他にいくつあるだろう。そんなことまで考えてしまいそうな美味しさだ。しかも、本当に油切れがよく、肉も衣もあっさり腹に収まってしまう。

「これは、家ではとても真似できないなあ。値段だけのことはありますね」

トンカツで二千円弱はなかなかの贅沢だけれど、プロの技術料が含まれていると考えると、きっと妥当な値段なんだろうと思える味だ。

「こんなに大きなまんまでちょうどいい揚げ具合に仕上げるの、難しいんだろうな」

「そらそやろ」

そんなことを言い合っていたら、次にえびカツが運ばれてきた。

えびカツも、細長い棒状のものを、ヘレカツよりは太めに切り分けてある。

なるほど、海老フライのようなものを想像していたら全然違って、海老の身を、卵の味がふわっと香る柔らかくて美味しい生地でまとめ、衣を着けて揚げてある。

僕は、こっちが断然好みだった。無論、ヘレカツも美味しいけれど、こちらの美味しさは、人生初だ。漬け物の存在などすっかり忘れて、結局、ご飯を三膳もお代わりしてすべてをペロリと平らげてしまった。

「はあ、美味しかった～！」

パンパンになった腹をさすりながら店を出ると、順番待ちが十人以上になっていた。

今どきのボリューム優先の食事を求める層にはイマイチかもしれないけれど、どんな世代にも愛される、優しい味のトンカツとえびカツだった。

「ご馳走さん」

「どういたしまして」

そうは言ったものの、僕はちょっと心に引っかかることがあって、先輩に訊ねてみた。

「先輩、でもこれだけじゃちょっと、誕生日っぽくないですね。確かに当日にショートケーキでお祝いしましたけど、今日もケーキ、買って帰りましょうよ。お腹はいっぱいですけど、ご馳走の締め括《くく》りがケーキじゃないと、何だか気持ち的に物足りなくないです？」

すると先輩は、「そやけど今は腹いっぱいやで」と言った後、少し考えて、パチンと指を鳴らした。

「そや！　そういうことやったら、帰りに寄り道して、まずはビゴの店でクリスマスケーキを予約、その後、ちょっと特別なデザートを食いに行かへんか？」

先輩に希望があるなら、それに越したことはない。僕は二つ返事で、そのプランに乗った。

ビゴの店は、ＪＲ芦屋駅から少し南下したあたりを東西に走る、国道二号線沿いにある。駅からは短い散歩で到着する距離だ。

そこで先輩は、「ノエルキルシュ」、いわゆるブッシュドノエルを予約した（そして、それは断固として僕に払わせてはくれなかった）。

ついでに明日食べるパンも二人で好きなものを選んで数個買い込み、それから先輩は、国道二号線を渡って、芦屋川沿いの道をさらに南へ向かった。

（阪神芦屋駅の近くを目指してるのかな？）

芦屋は洋菓子店の多い街だから、どこへ足を向けても、何らかのケーキ屋さんが存在する。もしかしたら、僕の知らない店に連れていってくれるのだろうか……とワクワクしながら、見事な尖塔《せんとう》が印象的なカトリック芦屋教会の前を通り過ぎ、古びた一軒家の、何故か昼時なのに営業していない謎めいた定食屋の前を通り過ぎ、そして芦屋警察署の角を東へ折れる。

「……あれ？」

僕は、思わず小さな声を上げた。

芦屋警察署の建物の一角には、旧芦屋警察署の玄関が保存され、新しい建物に組み込まれている。そして、今は使われていない旧玄関の筋向かいにあるのは……先輩が大好きな「アンリ・シャルパンティエ」の芦屋本店だ。

全国的に展開している有名洋菓子店の本店とは、いったいどんな立派な店かと思うだろうけれど、実は、ビルの一階にある、それはそれはささやかなカフェスペース併設の、驚くほど小さな店だ。

ケーキの種類だって、おそらく、モンテメールの中に入っているアンリ・シャルパンティエの店舗のほうが多いのではないだろうか。少なくとも、ガラスケースはあちらのほうがずっと大きい。

「まさか、先輩」

「そやで」

短く肯定して、先輩はアンリ・シャルパンティエの店内に躊躇いなく入っていく。

「またアンリかよ～」

思わず小声で呟きながら、僕も仕方なく従った。

幸い、カフェスペースの二人掛けのテーブルも一つだけ空いていたので、僕たちは隅っこの少し閉塞感のある席に着いた。僕は個人的に隅っこが好きなので、妙に落ちつく席ではある。

ただ、他の客が全員女性なので、男二人連れの僕たちは、なんとなくチラチラ見られているようだ。

さて、メニューでも……と思ったら、先輩はすぐに店員を呼び、「お前、飲み物はコーヒーでええな?」と言うなり、何やら勝手に注文を済ませてしまった。

いや、勿論先輩の誕生日祝いだから構わないのだけれど、何も、僕の分まで注文してくれなくてもよさそうなものだ。

「まさか、またショートケーキ……?」

恐る恐る訊ねると、先輩は実に悪い笑顔で「ちゃう」と短く否定したものの、何を注文したのか頑として教えてくれようとはしない。

(何だろ……。特別なデザートって、いくらアンリでも、こんな小さな店にあるかな?)

不思議に思っていたら、恐ろしいことが起こった。

女性店員が、何やら恭しく、僕たちのテーブルまでワゴンを押してきたのだ。

それも、ただのワゴンではない。コンロが設置されていて、調理が可能なものだ。

どうやら何も知らないのは僕だけのようで、他のテーブルの客たちが「ああ、あれ」とか「見るのは初めてかも」とか囁《ささや》き交わしているのが聞こえてきた。

先輩は、いつもの厳しめの顔はどこへやら、素晴らしく嬉しそうな顔で、ワゴンを眺めている。

「ちょ……先輩、何を頼んだんです？」

僕が狼狽《うろた》えて訊ねると、先輩は軽く顎をしゃくった。

「見とったらわかる。っちゅうか、見てんと勿体ないで」

「えー……？」

僕は軽く身体を捻り、背後のワゴンで何が行われるのか、ヒヤヒヤとドキドキを同時に味わいながら待った。

「お作りさせていただきます」

そんな言葉と共に、女性店員がコンロの上に載せたのは、銅製の浅い片手鍋だった。形状的には、フライパンと呼ぶべきだろうか。中には……なるほど、既に薄く焼き上げたクレープが、綺麗に折り畳まれて入っている。

クレープはオレンジ色のソースにたぷたぷと浸っていて、店員が、「お砂糖とバター、それにオレンジ果汁で作ったソースです」と教えてくれた。

ふつふつしているソースからは、確かにオレンジのいい香りが立ち上ってくる。店員は、スプーンで何度もソースを掬っては、クレープ全体にかけ回した。

さらに店員はワゴンの上からグラン・マルニエの大きなボトルを取ると、長い柄付きのこれまた銅製のポットに、中身、つまりオレンジリキュールを気前よく注いだ。

フライパンを少し脇にどけると、ポットをコンロの火の上で軽く回すように振り、中身を温める。

「では、フランベさせていただきますね」

そんな軽やかな宣言と共にリキュールを片手鍋に注ぐと、思いのほか本気の炎がユラユラと立ち上り、他のテーブルからも、勿論僕と先輩の口からも、「おおおー!」という声が上がる。

炎が消えると、店員は実に冷静に丁寧に、クレープを大きくて白い深皿に移し、別に用意されていたオレンジの果肉をたっぷりと散らした。その間にも、ソースはさらに煮詰められ、徐々にとろみがついてくる。

最終的に、その熱くてトロトロのソースをたっぷりとクレープの上から注ぎ、完成したのが、「クレープ・シュゼット」だそうだ。

目の前に置かれた見事なデザートを、僕は呆然と見下ろした。先輩は、「いっぺんこれが食うてみたかったんや」と、ご満悦の表情だ。

「な、特別なデザートやったやろ?」

「……すごく」

これまでの人生で、ワゴンサービスでデザートを作ってもらったことなんて、一度もない。こんなにさりげなく、こんなに手の込んだものを食べさせてもらっていいのだろうか。

「再び祝ってくれてええんやで？」

先輩に笑いの滲んだ声で催促され、僕はハッとした。

「そうでした！　お誕生日、三度目ですがおめでとうございます！」

「おう、ありがとう。ほな、熱いうちに頂こうか」

「はい。……うわあ、緊張するなあ。これ、どうやって食べるんです？」

「スプーンで普通に食うたらええやろ」

そう言いながら、先輩はさっそくスプーンを取ると、クレープをいとも容易く切り分けた。そして、オレンジの果肉と、オレンジ風味のソースをたっぷりすくって口に運ぶ。

「……美味しいですか？」

探るように問いかけると、先輩は目を閉じて、「えも言われんっちゅうのは、こういうことかもしれん」と呻き交じりに答えた。

「そんなに⁉」

僕も意を決して、綺麗に折り畳まれたクレープにスプーンを差し入れてみる。

「うわ。柔らかい」

抵抗なくスムーズに切れたクレープは、薄く、とても滑らかだ。先輩にならって、果肉とソースと共に口に入れると、濃厚なオレンジの風味の中に、バターとカラメルがふわりと香る。

　美味しい。とてつもなく美味しいけれど……。

「敗北感がすごい」

　クレープも味わいながら僕がガックリ項垂《うなだ》れると、先輩は怪訝そうに眉をひそめた。

「何と戦っとったんや、お前？」

「クレープとですよ。サービスも味も強烈に人生初過ぎて、語彙が死にました。凄い以外には、美味しいしか出てきません」

「それでええん違うか」

「作家としては全然ダメでしょ。あー、悔しい。でも美味しい」

「そらよかった。俺も、食いたかったもんが食えて、大満足や。ありがとうな」

「いえ！　僕こそ、貴重な体験をしちゃいました。ひとりだったら、度胸がなくて絶対頼めません、こんなデザート」

「実は俺もや。お前を巻き込んで、やっと注文できた」

　そう打ち明けてくれた先輩は、ペロリと一枚目のクレープを平らげ、ニヤッとすると、

「来年もこれでええで？」

　と、早くも一年後の予約を入れてきた……。

一月

一年の計は元旦にあり、という言葉はよく聞くが、年越しの計は十二月二十九日にあり、と言いたい気分で、俺は大きなラゲッジを引きずり、関西空港を出た。

もう、時刻は午後三時を過ぎている。

本当は今頃、俺は北海道《ほっかいどう》の道庁所在地、札幌にいるはずだった。

めでたく昨日、病院が仕事納めになったので、今日から一月三日まで、札幌の実家に帰省する予定だったのだ。

帰省といっても、俺は生まれてから一度も阪神間を出たことがない。札幌は、両親が隠居先として選んだ土地というだけで、俺には縁もゆかりもない。

親が暮らしている家なので実家、そして実家を訪ねるのだから帰省と言うより他ないが、本当のところは、馴染みのない土地に旅行する感覚だ。

実際、札幌はメジャーな観光地なので、年末年始は飛行機のチケットも高い。ちょっとした海外旅行くらいの出費で目的地は実家、という、多少悲しい事態にもなる。

そういう意味では、そこそこ情緒のない帰省となるのだが、年に一度くらいは親の元気

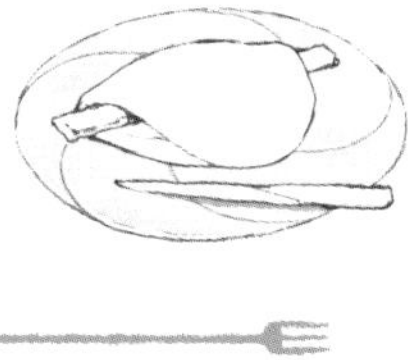

な顔が見たいし、自分の顔も忘れられない程度には見せておきたい。お互いに、会わないあいだにあった悲喜こもごものことを報告し合うのも、悪くないものだ。

この一、二年で、ようやく「結婚はまだなの？」も言われなくなり、より過ごしやすくなったのも、実家に顔を出すようになった理由の一つである。

特に今年は、山口県であった親戚の結婚式の土産話がある。

さすがに遠すぎて列席が叶わず、両親ともに残念がっていたので、スマートフォンの中に残してあるたくさんの写真を見せ、披露宴自体のことも、そこで久々に顔を合わせた親戚たちのことも話してやろうと思っていた。

そう、思っていたのに。

まさかの、飛行機の欠航である。原因は、この季節ならではの豪雪による、新千歳《しんちとせ》空港滑走路閉鎖だ。

テレビでニュースを見て、まずいなと思ってはいたが、空港で表示を見て絶望した。

それでも、吹雪がやむ可能性を信じて半日待ち、ついに諦めて帰省を断念したというわけだった。

徒労というのはまさにこのことだと思いつつ、俺は実家に電話を入れて、帰れない旨を伝えた。

母はとてもガッカリしていたが、用意していたご馳走の中で、送れそうなものは送ってやるから、これに懲りず、暖かくなってから機会を見て帰って来なさいと言ってくれた。

「よいお年を」

そう言って通話を終え、そういえば、そんな挨拶をてらいなく口に出来るようになったのは、ずいぶん大人になってからだと気付く。

なんだって十代の途中から二十歳《はたち》過ぎくらいまでは、親に挨拶をするのがあんなに気恥ずかしかったのだろう。我がことながら、大きな謎だ。

挨拶なんて、言うだけならまったく労力がかからないし、それでいて相手をまず不愉快にさせることがない、猛烈に安全でコスパのいい活動だ。当時の俺に、こんこんとそう言い聞かせたい。たぶん、聞く耳を持たないのだろうが。

とにかく、空港で親の声を聞くというのは、心のメロウな部分を必要以上に刺激される行為らしい。

里心なんて言葉とは無縁だと思っていたのに、少しだけ寂しい気持ちになってしまった。

(いや、こんなところでしんみりしていても仕方がない。さっさと帰って、家でのんびりしよう。それはそれで、悪くない年越しになるだろう)

そう思い直し、俺はお土産でぱんぱんの大きなスーツケースを引きずって、重い足取りで空港を後にした。

ってくる。


「先輩。鍋、もうそっち行きますよ」

「おう、もうクッキングヒーターは出してあるで」

「はーい」

コンロの火にかけてあった平べったい両手鍋を持ち、白石がキッチンからドタドタとや
ってくる。

リビングルームのコーヒーテーブルの上に食器を並べていた俺は、彼の邪魔をしないよ
う、脇へ退いた。

いつも、食事はダイニングテーブルで摂るが、今夜は大晦日《おおみそか》だ。

既に始まっている紅白歌合戦を見ながら食べるべく、テレビのあるリビングルームに、
卓上用の小さなクッキングヒーターを持ち出した。

「今年の紅白はどうですか?」

「まだ始まったばっかしやからわからんけど、ピンと来おへんのは、例年どおり違うか?」

「ピンと来ないのに、なんか毎年見ちゃうのも、例年どおりですかね」

そんなことを言い合いながら、俺たちは連れ立ってキッチンへ向かう。俺は缶ビールを
二つ、白石はグラスを二つ、自然に取り出す。

もはや言葉で確認を取らずとも、お互い、やろうとしていることは何となくわかる。

身内であっても、離れていれば心も離れていくし、他人であっても、一つ屋根の下で暮

らしていれば、心は添っていく。

そういうものなのかもしれない。

この年末、帰省できなかった分は、どこかのタイミングで……それこそ、雪が溶ける頃に、きちんと埋め合わせをしよう。そう心の中で再び決意しつつ、俺はコーヒーテーブルの端っこに、ビールの缶を置いた。

本来、俺が北海道へ行っている間、この年末年始も大阪の実家に帰らないことにした白石は、ひとりで留守番をするはずだった。

きっと、ごく適当なものを食べて、年を越すつもりだったのだろう。

俺が虚しく帰宅したとき、白石は最初、「泥棒が来たかと思った！」と、何故かサランラップの芯を構えながら怯《おび》えた顔で出迎えてくれたし、翌日は慌てた様子で、「買い出しに行かなきゃ！　付き合ってください」と言い出した。

そこからバタバタと年越しの買い物をして、俺は家の大掃除、白石は、本人曰くの「おせちの真似事みたいなもの」の支度に追われ、あっと言う間に今日の大晦日を迎えた。

家で野郎ふたりで色気ゼロの年越しをするなら、せめて旨い物が必要だ。

俺が年内最後のご馳走にすべく大阪の店まで出向いて買ってきたのが、今、鍋の中でグツグツ美味しそうに煮えている、美々卯《みみう》の「うどんすき」である。

うどんすき、と聞くと、すき焼きのしめにうどんを投入したような料理を想像するかもしれないが、それとはまったく趣が違う。

最高に簡単に言うなら、初手からうどんを投入した寄せ鍋、という感じだ。

美々卯は大阪で有名な麺類を中心とした日本料理屋なので、とにかく出汁が素晴らしく旨い。「うどんすき」の持ち帰り用セットを購入すると、驚くほどたっぷりの出汁がついてくる。出汁をけちるなどということは、美々卯に限ってはあり得ない。

今、鍋の中でふつふつと沸き立っているのが、その、黄金色としか表現のしようがない、澄んだ美しい出汁だ。

その出汁の中に、さらに味の出る具材……蛤、茹でた有頭海老、鶏肉、穴子を投入するのだから、まずくなりようがない。

最高に旨くなった出汁を、やわらかめの大阪のうどんをはじめ、白菜、ひろうす、甘煮の椎茸、輪切りの人参、結んだ三つ葉、絹さや、湯葉、生麩《なまふ》、そして俺がこよなく愛する海老芋《えびいも》にたっぷり含ませて食べる、まさに晴れの日のご馳走鍋だ。

「先輩はホントに美味しそうなものを知ってますよね。一応、入ってたパンフレットの写真を参考に具を並べてみたんですけど、煮てる間に配列が乱れてきちゃった」

ソファーに並んで座り、互いのグラスにビールを満たしながら、白石はそんな言い訳めいたことを言った。

「かめへん。っちゅうか、十分綺麗にできとるやないか」

「ですかね。まあ、美味しいのは見ればわかるから、多少のことは勘弁してもらおうっと」

そう言ってチラと笑うと、白石はスマートフォンで、食べる前の綺麗な状態の鍋を撮影した。きっとまた、日々の食べ物を綴るブログに掲載するつもりに違いない。

うどんすきの具材は、生で入っているのは蛤と鶏肉と生麩、それに三つ葉くらいで、あとは茹でるなり煮るなりして、下ごしらえが済んでいる。だから、煮えるのもとても早い。

「それじゃ、いただきましょうか。先輩、ご馳走になります！」

「おう。けっこう量あるから、頑張って食えや。……おせちの支度、お疲れさん」

「先輩も、大掃除、お疲れ様でした」

「大掃除言うほどはできてへんけど、まあ、家じゅうの窓だけでも綺麗になってよかった。乾杯」

「かんぱーい」

俺たちは雑にグラスを合わせて乾杯すると、冷えたビールを一口飲み、早速、割り箸を取った。

こういうグリップ力が求められる食べ物のときは、やはり割り箸がいい。そして白石いわく、揚げ物に衣をつけるときも、菜箸より割り箸のほうが使い勝手がいいのだそうだ。

一度使った割り箸が、キッチンで何度も再利用されるというのは、何となく気が楽になる話だ。

手触りのいい竹の割り箸を、俺はまず、鍋の底に突っ込んだ。そして、ぐるぐるとうどんを掻き分けるようにして、まずは底に沈んでいた出汁要員、蛤を殻ごと引っ張り上げる。

「ほい、蛤。身が縮み過ぎんうちに食え」

「あっ、ありがとうございまーす。先輩は、うどんすきマスターだなあ。昔から食べてたんですか?」

俺がそれぞれの取り鉢に蛤をひとつずつ放り込むと、白石はそのまま食べようとする。

俺は慌てて制止した。

「先に汁を作れ」

「汁? 作る?」

「こうすんねん」

俺は、レードルで、鍋の出汁を取り鉢に少しとった。そして、付け合わせの薬味である、刻み葱、おろし生姜、紅葉おろしをそこに入れ、汁、もといつけ出汁を作ってみせた。

「へえ、なるほど。美味しそう」

白石も見よう見まねで同じようにしてから、蛤のやや透明感のある身を貝殻から外し、頬張った。

「あー!」

その口から、そんな呻き声とも叫び声ともつかない声が上がる。

想像どおりの反応に、俺はニヤリとした。

白石は、もぐもぐと咀嚼しながら、放心したような顔をする。

「美味しい。貝の味と出汁の味が合わさると、もう何ていうかアレですよね、ヘブン」

「なんでカタカナやねん」

ツッコミを入れつつ、俺も蛤を口に入れた。過去に何度か、貝の身にこっそり同居している小さなカニを噛み当ててビックリさせられたが、今年は大丈夫だったようだ。

「まずはこの蛤を食うてから、他のもんを食うねん。蛤は、冬だけのお楽しみや」

「へえ。やっぱ先輩、うどんすきマスターだ」

白石は感心したようにそんなことを言いながら、鍋からうどんをたぐり、取り鉢にたっぷり取る。ふっくらした、見るからに旨そうなうどんだ。

「マスター言うほどやないけど、うちは両親が関西に住んどった頃、大晦日は必ずここのうどんすきやったんや。親父がわざわざ本店まで買いにいきよった」

「へえ。遠峯家、伝統の味ですか」

「うちが作っとるわけやないけどな」

笑いながら、俺も自分の取り鉢にうどんと具材をいくつか取った。

勿論、最初に取ったのは海老芋だ。あらかじめ、淡い味を煮含ませてある柔らかな芋は、長く煮ていると溶けていなくなってしまう。

それはあまりにも悲しいので、蛤の次にサルベージすることにしているのだ。

早くも端っこが崩れかけた芋を箸で半分に割り、ふうふうと吹き冷まして頬張る。

そのほっくりしていながらやんわりと舌に絡みつくような独特の食感と、芯までほどよい甘さが染み込んだ美味しさは、子供時代から少しも変わらない。

老舗が店と味をずっと守ってくれるというのは、とても大変なことだろうし、本当にありがたいことだ。

大人になり、昔馴染みの店や食べ物がなくなってしまう寂しさを何度も経験した今は、つくづくそう思う。

大切な記憶に直結した味は、いつまでもこの世に存在してほしいのだ。

里帰りし損ねたせいか、つい感傷的になってしまった俺にはお構いなしに、白石はいちいち口に入れたものを絶賛しながら、もりもりとうどんすきを平らげていく。

普段は大食いというわけではないのに、旨いものに出会うと張り切るタイプらしい。

「うどんすきって、不思議な食べ物ですね。いきなりシメを食べるみたいな」

そんな白石の感想に、俺は思わずムキになって言い返した。

「アホ。この場合、うどんはシメと違う。メインや。シメはこっちやろ」

そう言って指さしたのは、まだ三分の一ほど残っている具材の隅っこに入ってる、細長い切り餅である。

「この『美々卯』の焼き印がバーンと入った餅がシメや」

「あ、なるほど。うどんはメイン……確かにそうですね。けっこう太いけど、柔らかくて、でも同時に嚙み応えも少しはあって」

「それが大阪のうどんやからな！」

思わず自慢口調になるのは、自分がこのうどんと昔馴染みであるという自負のせいだろうか。

讃岐《さぬき》うどんなどと違って、大阪のうどんは確かに柔らかい。だが、そうであるがゆえに、出汁をたっぷりその身の内に取り込むことができるのだ。

「途中でレモンを搾ると、味に変化がつくで」

「ああ、レモンもいいですね。凄くたっぷりついてるなあ」

半分に切ったレモンを少しだけ取り鉢の中に絞り、白石は果汁のついた指をペロリと舐めた。俺は、ティッシュペーパーを一枚取って、白石の鼻先にぶら下げてやる。

「ちゃんと拭け」

「わあ、お母さんだ」

「誰がお母《か》んや」

ごく軽く咎めつつ、俺はふと、そういう風に口走るということは、白石の母親は、けっこう息子の世話を焼く人だったのだろうな、と思った。

小説家などという職業に就いた息子に、まったくポジティブな感情を持っていない。白石は両親のことを、そう断定的に語っていたが、本当に愛想を尽かしたわけではなかろう。

確かに小説家は先行きが不安定な職業ではあるが、白石は全力で奮闘している。一度、きちんと話し合い、現状を理解してもらえば、雪解けの日は必ず来ると俺などは思うのだが、白石はこの年末も、実家に帰るとはとうとう言わなかった。

他人の俺が口を出すようなことではないから黙っていたが、こんな風に、無意識の言葉から母親との絆《きずな》を口にされると、やはり何か一言言いたくなる。

だが、どんな風に言えば説教臭くなく、素直に受け止めてもらえるだろうかと考えていたら、当の白石が、「ああっ」と大きな声を上げた。

俺は驚いて、白石のほっそりした顔を見る。

「どないしたんや?」

「いやあの、凄く美味しいけど、こんな風にうどんすきを食べちゃうと、年越し蕎麦を食べるチャンスが消滅するなあって。いくら何でも、うどんからの蕎麦は厳しいでしょ」

「ある」

「えっ、先輩的にはアリなんですか?」

「いや、美々卯的にもアリや」

「え?」

俺は、美々卯から持ち帰った紙袋を取ってきて、底に入ったままだった小袋を取り出した。

「あ、蕎麦だ！」

透明の袋の中には、細めに打った生蕎麦がほんの少し入っている。

白石は目を丸くした。俺は、小袋を軽く振ってみせる。

「これは、今だけのサービスなんや。餅食うついでに、この蕎麦をサッと出汁で湯がけば、最後の一口で年越し蕎麦も片付くっちゅう寸法や」

「なるほどー！　さすが、ちゃんと考えてるなあ」

「そやろ。そんでな、白石……」

「あっ、先輩！　ニューヨークからの中継ですって。なんで日本のアーティストなのに、わざわざ大晦日にニューヨークにいるんだろ」

「ほ……ほんまやな」

一応、帰省を勧めてみようかと口を開き掛けたものの、紅白歌合戦とうどんすきに夢中の白石に、それ以上真面目な話をする勇気がなくて、俺は口を噤《つぐ》んでしまった。

まあ、正月休みのうちに一度くらい、その問題について話し合う機会もあるだろう。何も今、わざわざ楽しい気持ちに水を差す必要はない。

そんなふうに自分を窘《たしな》め、俺は、次の酒を取りに行くべく立ち上がった。

結局、紅白歌合戦の勝敗を見届けないうちに、俺も白石もソファーや床で寝落ちしていまい、「先輩！」と呼びかけられて目を覚ましたときには、既に新しい年が訪れていた。

「年越しの瞬間、思いきり寝とった」

「僕もです。紅組と白組、どっちが勝ったんでしょうね……あ、白だ」

インターネットですぐに勝敗を調べた白石は、床に座り込んだままうーんと伸びをした。

俺も、ソファーの上でもさもさと胡座《あぐら》をかく。

「白組か。ほな、来年は男にええ年になるかな」

「関係ありますかね」

クスクス笑いながら、白石は立ち上がった。

「片付けは明日の朝にして、寝ちゃいますか。ここで本格的に寝ると、風邪を引いて寝正月の可能性が高くなりそう」

「せやな。ああ、片付けは俺もやるから、明日、寝過ごしとったら起こしてくれや。っちゅうか、何時に起きたらええかな」

白石はスマートフォンで時刻を確かめながら答えた。

「そうですね。今は一時過ぎ……そんなに早起きしたって仕方がないから、九時くらいに起きます？　そんで、ブランチ的に正月っぽいもの食べれば、ちょうどいいでしょ」

「なるほど。ほな、そうしようか。あ、そや。寝る前に」

「何です?」

俺はソファーの上で、胡座を正座に組み替えた。そして、白石に深々と頭を下げる。

「あけましておめでとうさん。本年もよろしゅうお願いします」

それを聞くなり、白石も弾《はじ》かれたように床の上に正座した。

「あけましておめでとうございますっ！　今年もよろしくお願いします！　わー、年が明けてすぐ、先輩にこれ言うの、初めてですね！」

「そう言うたら、そやな。去年は俺、帰省しとったもんな」

「はい。ひとりで年越しものんびりしてていいと思いましたけど、二人もいいもんですね。うどんすき、凄く美味しかったです」

「そらよかった。寝る前に、歯ぁ磨けよ」

「先輩も」

「そやった」

俺たちは、さんざん食いちらかした鍋の残骸をそのままに、リビングルームの暖房と照明を消した。そして眠い目をシパシパさせ、寒い廊下に震え上がりつつ、洗面所へ向かった。

何ともしまらない年越しだったが、その緩さは、元日まで持続した。

午前九時頃に起きようと言い交わしたにもかかわらず、俺たちが起床したのは、午後二時過ぎだった。

早くも、年末年始の暴飲暴食の影響が出ている。

白石が作ってくれたすまし汁の雑煮を食べ、これまた白石が作った黒豆や紅白なますといったおせちをつまむだけですっかり腹がくちくなって、その一食で元日の食事は終わってしまった。

あとは、正月のくだらない特番をダラダラ観《み》て、お互いに届いた年賀状を見せ合ったり、送っていない人から来た年賀状を見て、慌てて出したり、そんな地味だが正月ならではの作業に明け暮れているうち、日が暮れた。

我ながら貧乏性だと思うが、そういう怠惰な生活を一日送ると、俺はもう不安になり始めてしまう。

何もしないことに耐えきれず、こんな風に人として駄目な生活をしていては駄目だと、脳が盛大に己を非難し始めるのだ。

一夜が明けて一月二日になってみると、今すぐ何かをしなくてはという奇妙な渇望が、身体の中から際限なく湧き起こってきて、俺は困ってしまった。

だからといって、特にすることは何もない。

帰省する予定だったから、今年は三箇日に仕事を一切入れなかったのだ。急に医局に電話して、「行けるようになったから仕事を回してくれ」などと言おうものなら、何かあったのかと想像力たくましく勘ぐられて、きっと面倒臭いことになる。

となると……この歳の男ふたりで羽根付きや福笑いもないものなので、こちらは無限にゴロゴロしていられるらしい白石を半ば無理矢理誘って、俺は初詣に行くことにした。

「先輩は真面目だなあ……」

と、いつも以上に間の抜けた顔で大あくびをしながらも、白石はダウンコートとニットキャップ、それにマフラーと手袋というフル装備で自室から出て来た。

俺は、チェスターコートにマフラーだけだ。手袋は、どうも指先が覆われる感覚が不快で、あまり使う習慣がないのだ。寒ければ、ポケットに手を突っ込むほうが話が早い。

「そこまで寒いか?」

「暑くなったら脱げばいいですし!　寒いのに耐えなきゃいけないほうが嫌です」

やけにキッパリ言いながら、白石は戸棚から使い捨てカイロを取り出し、バッグに放り込んだ。そこまで準備万端とは、外出を渋ったくせに、もしや俺よりやる気満々なのではなかろうか。

俺も白石に強く勧められ、いやいや小さなカイロを二つ、バッグに入れて家を出た。

「どこの神社に行くんですか?　芦屋神社ってあるんでしたっけ、確か」

「あるで。山の手に。その昔、長嶋茂雄《ながしましげお》が巨人軍の監督やった頃、毎朝、宿舎の竹園旅館（現ホテル竹園芦屋）から芦屋神社までランニングかウォーキングかをしとったたって聞いたことがある」

「へえ！　長嶋さんが芦屋にいたんだ。何だか急に親近感」

白石の無邪気な反応に、俺は思わず笑ってしまう。

「わからんでもない。このあたりは阪神の領土やけど、長嶋は別格やな」

「あー、それこそわからないでもないです。チームを超越しますよね、あのクラスになると。……で、芦屋神社に？」

「いや、せっかくやから、足延ばそうや」

「ええぇー」

JR芦屋駅に向かって緩い上り坂を歩きながら、白石は今さらながらに渋ってみせる。

「電車一本乗るくらい、ええやないか。イコカ置いてきたんか？」

「や、一応持ってます。だからいいんですけど、じゃあ、どこへ？」

「ほな、選ばしたろ。生田《いくた》さんか、湊川《みなとがわ》神社か」

神戸市最大の繁華街、三宮界隈《かいわい》でアクセスできる二大神社の名を挙げると、白石は腕組みしてむーんと唸った。

「神戸かー！　どっちがどっちでしたっけ。藤原紀香《ふじわらのりか》が……」

「おっとその話はそこまでや。せやけど、そっちが生田神社。湊川神社は、御祭神が楠木《くすのき》正成《まさしげ》のほうや。地元の人間は、楠公《なんこう》さんて呼んどる」

白石は、面食らった顔で俺を見た。

「その人、何した人でしたっけ？」

そうだった。白石は、今はともかく、高校時代、日本史にあまり……いや、まったく興味がなかったんだった。

俺はやむなく、恐ろしく掻い摘んだ説明をした。

「河内《かわち》の出身で、南北朝《なんぼくちょう》時代に後醍醐《ごだいご》天皇のほうについた武将や」

すると白石は、ちょっと嬉しそうな顔をした。

「あっ、その名前は知ってます。後醍醐天皇。負けた人ですよね？」

「身も蓋もあれへんな。けどまあ、そうや。後醍醐天皇が捕まって隠岐《おき》の島に流されたあとも、忠義を忘れず節を曲げず、しゃかりきに戦い続けたんが、楠公さんや」

「へえ。やっぱ、根性が半端ない人って、最終的には神様になっちゃうんですね。ペレだって、サッカーの神様ですもんね」

「お……おう？」

ペレと楠木正成を同列に語る人間に会ったのは初めてだが、白石らしいといえば、非常に彼らしいので、俺はサラリと受け流すことにした。

「で、生田神社のほうは？　神様、誰なんです？」

そう問われて、俺はウッと言葉に詰まる。白石は、キランと悪い感じに目を光らせた。

「物知りの遠峯先輩でも、知らないことがついにあった！」

「アホか。俺は別に物知り違うし、知らんことも山ほどあるっちゅうねん。ええと……女の神さんやで、確か。ワカメっぽい名前の」

「ワカメっぽい名前の……？　ワカメちゃんではない？」

「断じてあれへんな。何とかの尊《みこと》や。とにかく、家庭生活を守ってくれる神さんやねん。縁結びとか、恋愛成就とか、安産とか、そういう系や」

「へえ。名前を忘れただけで、やっぱり物知りじゃないですか、先輩。じゃあ、僕、そっちがいいです」

白石はあっさりと生田神社のほうを選択した。俺はどちらでも構わないが、白石がそちらを選んだ理由には、多少興味がある。

「生田さんを選んだっちゅうことは、アレか、縁結び祈願か？」

冷やかし半分で水を向けると、白石は大真面目な顔で頷いた。マフラーをグルグルと首に巻き付けているので、そんなアクションをすると、細い顎から鼻の下までが、マフラーに埋もれてしまう。

「とりあえず、縁結びって恋人だけとは限らないんですよね？」

「たぶん、そう違うかな」

「だったら、仕事関係でいい編集さんとご縁が繋がるように、お願いしたいです」

「あー……そういうアレか。なんや、恋人と出会う手助けを頼むんかと思うた」

「んー、それはまだいいかなあ。それより、先輩とケンカして追い出されたりしないように、そっちの家庭内平和をお願いしたいです」

「心配せんでも、多少ケンカしたくらいで、追い出したりせえへんぞ。というか、そういう立場上のアドバンテージを振りかざすんは、俺の流儀に反する」

ちょっとムッとして言い返すと、白石はストレートに嬉しそうな顔をした。

「やっぱり、幾つになっても先輩は先輩ですね。変わらないなあ、そういうとこ」

「なんで嬉しそうやねん」

「嬉しいですよ。いやでも、神様にも頼んでおきます。念には念を入れておかないと」

「どんだけ俺の家が好きやねん。まあええわ、ほな、生田さんやな。三ノ宮駅下車や」

「おー、三宮ってことは、デパート、どっか開いてますかね。福袋とか狙っちゃいます？」

「いや、要らん。福袋はこれまで三回買うたけど、どれも気合いの入った鬱袋やった。俺には、その手の運はない」

「あー……わかる気がするなあ。先輩、堅実だから。不確定要素の塊みたいな福袋とは、たぶん相性が悪いんですよ」

わかったようなわからないような解釈を繰り出し、白石はとことこと歩いていく。

思ったより冷え込みが強くて、空からは雪もちらほら落ちてくる。

（さっそく、白石のアドバイスに助けられたな）

とはいえ、ストレートに「備えがあってよかったでしょ？」と言われるのも悔しいので、俺は白石から少し遅れて歩きながら、こっそり使い捨てカイロの封を切り、コートのポケットに突っ込んだ……。


それから一時間あまり後。

俺たちは、人混みに揉《も》まれまくり、漬け物のようにヨレヨレになって、ようやく生田神社の立派な社殿前に辿りついた。

何しろ、神社に行き着く遥《はる》か前方から、すでに人の渋滞が始まっているほどの混雑ぶりだ。

震災で社殿が崩落し、その後見事に再建されたので、地元の人たちにとっては感慨深いものがあるのかもしれないが、それ以上にカップルが多い。

縁結びを売りにしているのだから当たり前といえば当たり前なのだが、人混みに紛れてゆっくり進む間に、振り袖の女性たちに幾度か足を踏まれた。

着慣れた洋服でも疲れるのに、慣れない振り袖ではさぞ大変だろうと思いはするが、踏まれた俺も若干大変だ。

混雑の理由の一因は、生田神社の周辺道路が三箇日は歩行者天国になっていて、夥《おびただ》しい数の屋台が、道沿いにズラリと並んでいることだ。

初詣というより、もはやお祭りの様相を呈している。

俺たちは、どうにか賽銭箱《さいせんばこ》に小銭を放り込み、鈴は諦めて柏手《かしわで》だけを打ってお参りを済ませると、人混みを横切り、まずは社務所へ向かった。

目的は、勿論、おみくじだ。どうやら生田神社には、色々な種類のおみくじがあるようなのだが、俺が「恋みくじ」を引いても意味がないので、オーソドックスなものを選択した。白石も、俺に続いて同じおみくじを引く。

疲れ果てた顔の巫女《みこ》に渡されたのは、淡いピンク色に桜の花が描かれた、春らしい雰囲気のおみくじだった。

人混みを避け、灯籠の脇でお互いのおみくじを見せ合ってみると、俺は吉、白石は大吉だった。

「やったー！　先輩、僕、今年は大吉ですよ！　超ラッキー！」

だが、俺は白石のおみくじに素速く目を走らせ、思わず少々意地悪な気持ちで水を差した。

「と、思いきや、これはそうでもないやつやぞ、お前」

「こう、色々書いてあるけどやな、総括すると、『浮かれて油断しとると失敗するぞ』的なことやろ」

「えっ？　マジですか？」

「ええええ？　嘘……うわ、ホントだ」

「いやいや、落ち込むんは早い。そうならんように注意せえよて、前もって言うてくれてるんやから、神様は親切やないか」

　ガックリ肩を落とす白石の背中を軽く叩いて、俺は慌ててフォローを入れた。正月早々、落ち込ませたかったわけではないのだ。ただ、内容のパッとしない吉を引いてしまった俺が、子供っぽい意地悪をしたかっただけで。

「あ、そっか。確かにそうですよね。じゃあ、これは警告ってことで、大事に持って帰ろう。来年、またここに返しにくればいいんですよね？」

　たちまち機嫌を直してくれる白石は、やはり俺にとってはありがたい後輩だ。

「別に、ここでのうても、神社やったらどこでもええらしいで」

「へえ、そうなんです？　あっ、ところで先輩のおみくじは……」

「見てもつまらんから、見んでもええ」

「えええ!?」

「吉て書いてあったけどな、正味はほぼ凶や。結んで帰る」

俺はそう言うなり、おみくじを結ぶために張り巡らされた紐に、やや乱雑に折り畳んだおみくじを結び始める。

まったく、新年早々、神様は不景気なことばかり言う。だがまあ、今年も堅実に生きていけというアドバイスを貰ったと思っておこう。

白石はさらに、縁結びのお守りまで買い求め、そこでようやく神社の「用事」が終わった俺たちは、屋台が並ぶエリアに足を向けた。

白石は、人酔いしてグンニャリしつつも、興味深そうに屋台を眺めた。日頃インドア生活なだけに、こうした非日常が、小説の題材になるのかもしれない。

「ここの神社の屋台、面白いですね。全部じゃないけど、ところどころに滅茶苦茶広くて、イートインスペースつきの屋台がある」

「確かに。テーブルと椅子で座って食えるて、他ではあんまし見んかもな」

「ですよ！　座って食べられるんなら、凄くいいですよね。何食べます？　おでん、焼きそば、甘酒……あっ、たこ焼き！　き……きよし、あらい、かみ？　名物？」

白石が指さすほうを見て、俺は噴き出した。

「違う。『清荒神』と書いて、『きよしこうじん』や。そういう名前のお寺や地名があんねん。毎年、そっちのほうから店を出しにきはんのや。たこ焼きいうても、あそこのんは、出汁につかってる玉子焼みたいな奴やで」

「あっ、それ食べてみたいです！　行きましょう！」

白石は、子供のように俺のコートの袖を引き、人混みを掻き分けてぐいぐいと目的の屋台のほうへ歩き出す。

「足元、気ぃつけろや」

そう言ったはしから自分が軽く躓《つまず》いて、俺は思わず小さく舌打ちした。


即席のイートインスペースの中も、人でごった返している。しかし、親切な家族連れが「もう出ますから」と声をかけてくれて、俺たちは長いテーブルの端っこに、並んで席を確保することができた。

忙しく立ち働く屋台の若者が運んできてくれたのが、白い小振りの椀にたっぷりの出汁に浸ったたこ焼きである。たこ焼きというより、他府県の人間が言う「明石《あかし》焼《やき》」、地元の人間が言う「玉子焼」に極めて近い。

熱々でふわふわのたこ焼きが、さらに熱い出汁を吸い込み、寒い中で食べるとこの世のものとは思えないほど旨い。あるいは暖かい店内で食べたりするとまた話が変わってくるのかもしれないが、今は、最上級のご馳走に感じられる。

二人して子供のようにはふはふとたこ焼きを頬張りながら、俺は、思いきって話を切り出してみた。

「あのなあ、白石」

「はひ？」

口から盛大に湯気を吐き出しつつ、白石は本当に幼稚園児のように頰を赤くして返事をする。着込みすぎて、少しのぼせているのかもしれない。

「帰りに、神戸大丸に寄るねん。毎年、今日から営業を始めとるから」

「そういや、開いてましたね。やっぱり福袋チャレンジするんですか？」

無邪気に問われて軽く胸が痛んだが、俺は首を横に振った。

「違うわ。開店一番に電話して、『鶴屋吉信《つるやよしのぶ》』に花びら餅を取り置きしてもろてんねん。こっちにおるんやったら、食うときたいしな」

「花びら餅？　何だか綺麗な名前ですね。スイーツ系の餅？」

「まあ、そうやな。牛蒡《ごぼう》を甘う炊いた奴を軸にして、白味噌味のあんと紅色ようかんを、白い求肥でこう、挟み込むんや」

パックマンのような手の形を作ってみせると、白石は一生懸命にたこ焼きを爪楊枝《つまようじ》で持ち上げ、ふうふう吹きながら、ちょっと眉をひそめた。

「スイーツなのに牛蒡？　白味噌？　美味しいんですか、それ？」

「まあ、旨いっちゃ旨い。ちょっと変わった味言うたら、変わってるわな」

「ですよね」

「けど、正月の縁起もんや。食うと、正月やなって気がする」

「へえ……。僕もお相伴できるんですか?」

「当たり前やろ。それとな、別に五個入りを一箱頼んどいたから」

「はい」

「それ持って、ちょー、実家に顔出してこい」

俺が極力さりげなくそう言うと、白石はボトリとたこ焼きを出汁の中に落とした。わかりやすいリアクションをする奴だ。その顔が、みるみるうちに全体的に真っ赤になる。

「そ、それって、先輩」

俺は、恥ずかしさで自分の顔まで赤くなるのを感じつつ、できるだけ素っ気なく言った。

「余計なお世話やとは思うんやで? お前がどうしても嫌やったら、二度とこんなお節介はせん。せやけど、誰かに背中を押されんと、踏み出せんこともあるやろ」

「先輩……」

「縁を切るんは簡単やけど、切れたもんを繋ぐんは大変や。切らんで済むもんは、糸一本分でも繋いどいたほうがええ。俺に土産を押しつけられたせいにして、思いきって、『あけましておめでとうございます』て言うてこい。一年でいちばん簡単に、顔見せる口実が見つかるタイミングやないか。今を逃したら、またズルズル一年経ってまうやろ」

白石が俯《うつむ》いて黙り込んでしまったので、俺はひとりで大慌てする。いつもお喋りな白石が沈黙し、それなのに俺たちはとんでもない喧騒《けんそう》の中にいる。そのアンバランスが、俺をたまらなく落ち着かない気持ちにさせた。

「い、いや、どうしても嫌やったらホンマに無理強いする気は」

白石の前にある椀の中の出汁に、何かがポトンと落ちたのに気付いて、俺は言葉を飲み込んだ。ざわめきに掻き消されて音は聞こえなかったが、落ちたものは、おそらく……。

「やっぱり、先輩は先輩だなあ」

そう言って顔を上げた白石の顔は、まさに涙まみれだった。よくもまあ、この短時間にそんなに泣けるものだと、思わず感心してしまう。

「泣かんでもええやろ。そこまで嫌か？」

白石はぶんぶんとかぶりを振り、両手で涙を拭う。眼科医としてはいかなるシチュエーションでも見過ごせない暴挙だ。慌ててバッグからハンドタオルを取り出して差し出すと、白石はそれを受け取り、顔じゅうをゴシゴシ拭いた。

「嫌じゃないです。滅茶苦茶ビビリますけど、先輩が持たせてくれたお土産があったら、なんか頑張れそう。あの……玄関で、おめでとうございますって叫んで逃げてくるかもしれませんけど」

「それでもええ。何もせんよりは、ずっとマシや。……もし、親御さんと何か嫌なことがあったら、俺に八つ当たりしてええから。な？」

コックリ頷くなり、白石はズビャーッと豪快な音を立てて、俺のタオルで洟《はな》をかんだ。

「大吉効果、あるとええな。警告どおり、油断せんと頑張ってこい」

「はいっ！　いざってときは、ドカーンと八つ当たりしますね！」

何故かそこだけハキハキと歯切れ良く宣言して、白石ははにかんだ笑顔で、鼻水まみれのハンドタオルを俺に差し出してきた……。

二月

玄関で掃除機をかけていたら、遠くから微かにスマートフォンの着信音が聞こえてきた。

「あっ！」

僕は慌てて掃除機のスイッチを切り、ばたばたとダイニングへ駆け込んだ。

案の定、スマートフォンはノートパソコンの横に置きっぱなしで、液晶画面には、出版社の男性編集者の名前が表示されていた。

（ん？　ここの仕事の〆切は、しばらく先だったはずだけど）

先々月に出た文庫本に、何か不具合でもあったのだろうか。

すぐに悲観的なほうへ考えてしまう僕は、心臓がバクバクするのを感じながら、素速く深呼吸して通話ボタンを押した。

「も……もしもし？　白石です」

名乗った声が、自分でも可笑しくなるくらい上擦っている。

僕は本当に、世間で言うところのコミュ障なんだろうな、と思う。

先輩相手のときだけは凄く自然にリラックスして喋れるけれど、それ以外の多くの人、

特に仕事相手である編集者との電話では、たとえそれが何度目でも、緊張し過ぎて心臓が胸を突き破って飛び出したり、胃袋が反転して口から出て来そうになったりする。

今も、すでにちょっと気持ちが悪い。

突然倒れたりしないように、僕はそっと椅子を引き、腰を下ろした。

『こんにちは、白石さん。O社の片桐《かたぎり》です。ちょっとご無沙汰しましたが、お元気でした？』

出版社と名前をきちんと名乗ってから、担当編集者……片桐さんは落ちついた声で挨拶をしてくれた。

僕より少し年上で、何度か実際に会って打ち合わせをしたことがあるので、僕が極度の上がり性であることは把握してくれている。

きっと、僕の第一声を聞いて、「今日もテンパってるな」と察知してくれたのだろう。

それを考慮に入れても、片桐さんの声はとても穏やかで、今から酷《ひど》い話をしようとしている気配はない。

「こ、こんにちは。えっと……そうだ、お世話になってます！」

少しだけ落ちついて、ようやくまともな挨拶を口にすると、スピーカーの向こうで彼が小さく笑う気配がした。

『こちらこそお世話になっています。しばらくご連絡しなくてすみません。先々月の新刊、なかなかいい感じで推移していますよ』

出た、よく聞くフレーズ。

明確な数字を口にせず、「なかなかいい感じ」と彼が言うときは、僕に関して言えば、おおむね「まあ出版社が損はしない程度」に売れているという意味合いだ。

もし、「好調ですよ」と言われたら、ちゃんと利益が出ているということで、少しは喜んでいいのだ、という感じで解釈している。

つまり今回は、次の仕事を貰うための、必要最低限の売り上げはクリアした……というニュアンスなのだろう。

こういうとき、どう応じればいいのかわからず、僕はつい「すいません」と謝ってしまう。今度は明確に、相手がふふっと小さく笑うのが聞こえた。

『どうして謝ったりされるんですか、白石さん』

「いや、だって、さほど売れなかったんだなって。あんなにあれこれお世話になったのに」

僕が少ししょんぼりしてそう言うと、片桐さんは、少し語気を強めてこう言った。

『僕は、多少は褒めたつもりだったんですよ？　今回は、うちのレーベルの読者層では難しいテーマでしたから、正直、担当編集としては却下すべきだろうと思ったんです。でも、珍しくあなたがとても書きたいと熱意を持って仰《おつしや》ったから、これは、どうにかして書いて貰わないと駄目だなと』

「え」

僕はポカンとしてしまった。

この編集者とは、もう二年余りのつきあいになる。でも、初対面のときからずっと、いつも事務的なやり取りを淡々とするだけで、作品に対する具体的な感想を貰ったことのない人だった。

僕が提出するプロットやタイトル案についても、「売れ線はこのあたりですけどね」とか、「こういう言葉を挟んだらキャッチーですよ」とかいう現実的な方向性でアドバイスしてくれるだけなので、きっと物凄くクールで、小説が特に好きというわけではなく、売り上げだけに興味のある人なんだろうなと勝手に思っていた。

それなのに、まさか、僕の希望にそんな風に添ってくれていたなんて、あまりにも予想外だったのだ。

「あ、あ、あの」

『はい？』

「あの、僕の小説を……」

『はい』

「もしかして、好きでいてくれたりするんですか？　っていうか読んでくださってたり？」

『ブフォッ……あ、し、失礼』

どうやら、僕の発言は、先方にとってはあまりにも面白かったらしい。奇妙な笑い声がスピーカーを直撃したし、声も軽く震えている。

『白石さん、僕、あなたの担当編集なんですけどね。原稿を拝読しないなんてこと、あると思います？』

言われてみれば、そのとおりだ。僕は慌てて謝った。

「すいません！　あの、別に仕事してないとかそういう意味じゃなくて、何だか片桐さんって、僕の小説についてあんまり何も言わないから、興味ないのかなって」

『あのねえ、白石さん』

短い沈黙の後、片桐さんはやはり穏やかに、教師が生徒を諭すような口調でこう言った。

『勿論、売り上げは凄く大事ですよ。僕だって、あなたに売れてほしいです。でもそれは、会社の利益になるってことだけじゃなくて、あなたの小説を、もっとたくさんの人に読んでほしいからです。知ってほしいからです。あなたに、長く小説を書き続けてほしいからです』

「……あ……」

呆然とする僕の鼓膜を、片桐さんが話す言葉の一つ一つが、とても優しくこんこんと叩いていく。

『で、それは何故かっていうと、やっぱりあなたの小説が好きだからですよ。僕は、自分が最初に原稿を読める読者だってことを、特別なご褒美だと思っているんですけどね』

相変わらずの平板な口調で告げられる、とてつもなくありがたい言葉の濁流に呑みこまれ、僕は満足に口をきくことができなくなってしまった。

「え、いや、そんな、まさか」

『あなたの謙虚なところは素晴らしいですけど、もう少し、ご自分の作品に自信を持ってくださいよ』

「でも……じゃあ、これまであんまり何も言わなかったのは」

『物語の中の世界が、あなたの中でしっかりと構築されているからです。ただ、僕はその作品を本という形に仕立てるにあたって、やはり、より人目につきやすく、読んでもらいやすくするためにどうしたらいいかという助言をすべきだと思っていて。だから、そういう風にしていたつもりなんですけどね』

言われてみれば、そのとおりだ。

片桐さんのアドバイスや要望は、いつも作品の根幹にかかわることではなく、もっと枝葉の、どうすればこの作品がもっと豊かになるか、人の目を引くか、ということに限られていた気がする。

そうか。僕の作品をちゃんと読んで理解してくれているからこそ、いいところも足りないところも見えて、その足りないところを、彼は編集者の領分から埋めようとしてくれていたのだ。

「ほんとにすみません。僕、全然わかってなくて」

思わずまたしても謝ると、今度は片桐さんはすんなり謝罪を受け入れてくれた。

『いえいえ。僕も言葉が足りませんでしたね。僕の中で大前提すぎて、当然、あなたもわかってると思ってました。そもそも僕は、あなたの作品が大好きだからこそ、うちで書きませんかって誘ったんですよ』

「う……う、嬉しいです」

『今回の作品も、あまりゴリゴリでないとはいえジャンル的にはSFになるので、編集部的には正直言って歓迎ムードじゃありませんでした。でも、僕は、あなたが物凄く書きたくて書いた小説を、読んでみたかった。だから、できるだけ、うちの読者層にも受けがよさそうなタイトルや追加設定、人気のイラストレーターさんをご提案したってわけです』

「う……」

『この際だから重ねて言いますけど、誰よりも僕が読みたかったんで、完成して嬉しかったですよ。で、次作をお願いできるくらい売れて、もっと嬉しかったわけです。今日、お電話した理由の一つは、続編のご依頼です、二ヶ月後に〆切を設定させていただきたいです』

「うわあ……！」

たちまち、頬が熱くなるのがわかる。思いがけない熱の籠もった言葉をもらって、全身を凄いスピードで血が巡り始めた。

「書いていいんですかっ⁉」

『書いていただきたいんです。目覚ましい売り上げというわけではないですが、読者さんからの評判は上々です。これは、いわゆる太い客を摑めるチャンスですよ、白石さん。続編も頑張りましょう』

「はい！」

僕は直立不動で、返事をする。自分でもビックリするくらい大きな声が出た。

「あれ、でも、理由の一つはって、まだあるんですか？」

すると、片桐さんはまた小さく笑った。

『あります。実は、この作品をもっと色々な人に見ていただきたいので、うちの社が出しているマンガ雑誌で、作品を紹介する四コママンガを連載してはどうかと思いまして』

「マ……マ、マンガ？　僕の小説を、マンガに⁉」

今度こそ、ビックリし過ぎて声が完全に裏返った。

『ちょっと白石さん、気絶しないでくださいよ？　落ちついて。深呼吸して』

「は、は、はい。はー……」

受話器に向かって大きな呼吸をした僕に、片桐さんは、やっぱり落ち着き払った口調で言った。

『主に女性読者の、SF作品に対するとっつきにくさを払拭《ふっしょく》することが目的なので、可愛くデフォルメしたキャラクターを使った、平易な感じのものを……まあ、プロモーションですね。編集長も乗り気なので、白石さんさえよければ企画を進めたいんですが』

「いいです！　凄くいいです！　僕、嬉しいです！」

『そりゃよかった。じゃあ、素敵なマンガ家さんを探しましょうね。近いうちに、候補を数人、ご提案致します』

そう言ってからひと呼吸置いて、片桐さんはほんの少し強い調子で、「次作はもっと売りましょう」と付け加えてくれた……。

嬉しいお知らせのお礼を言って通話を終えた僕は、スマートフォンを抱き締めて、思いきり息を吐いた。

喜びがジワジワとこみ上げてくる。

この嬉しさを分かち合いたいのは、やっぱり遠峯先輩だ。

いつもなら、先輩の帰りを待ちわびて、玄関まで飛び出して報告するだろう。

でも、今日はそうできない。

先輩は今夜、帰ってこないのだ。

なんでも東京に出張だそうで、今朝、キャリーを引いて出掛けていった。帰りは明日の夜らしい。

時計を見れば、午後三時過ぎだ。

先輩は今頃、きっと東京の病院で仕事中だろう。さすがに電話はまずい。

でも、伝えたい！

仕事中の先輩の白衣のポケットで、着信音が鳴り響きませんように。音は切っておいてくれますように。

そう祈りながら、僕はＬＩＮＥでメッセージを送らずにはいられなかった。

返事は特に期待せず、ただ、僕が物凄く嬉しいことを、感動が薄れないうちに伝えたかったのだ。

そうしたら、驚いたことに、間髪《かんはつ》を容《い》れず、僕のメッセージに既読がついた。

「もしかして、先輩、ティータイム中かな」

病院におやつの時間があるかどうかは知らないけれど、もしかしたら、たまたま休憩時間だったのかもしれない。

そんなことを考えていたら、先輩からのメッセージが着信音と共に表示された。

『おめでとう！　ついにお前の小説も、他の分野に輸出されるんやな。俺も楽しみや。必ず見せろや！』

先輩は滅多にエクスクラメーションマークをＬＩＮＥで使わないので、先輩もまた多少は興奮してくれているんだと感じられて、僕は嬉しくなった。

でも、次の瞬間、僕は「は？」と声を上げてしまった。

続いて表示されたメッセージは、これだったのだ。

『今、二時間並んでやっとパンダを見たとこや』

「パンダ？　なんで？」

疑問符が頭を忙《せわ》しく駆け巡る。

「先輩、今、どこで何してるんですか……と」

質問を投げかけると、すぐに返事が来る。

『パンダ言うたら、上野《うえの》動物園やろ』

それはそうだけれど、出張だと言っていたのでは……と、僕はＬＩＮＥを打ち切り、先輩のスマートフォンに電話をかけてみた。

すぐに、先輩が出てくれる。

『おう。おめでとうさん。よかったな！』

「ありがとうございます。……でも、なんで上野動物園に？　仕事じゃないんですか？」

すると先輩は、さらりと答えた。

『そうや。仕事の話をしに来たんやで。せやけど、人に会う約束は夜やからな。昼間は暇やねん』

「暇って……」

『どうせ東京に行くんやったら、パンダくらいは見たいし、早めに上京しようと思うてな。ほんで有休とって、朝からこっちに来たんや』

「そうだったんだ」

『明日は、土産を買って、夕方には帰るで。弁当を買って帰るから、晩飯は作らんと待っといてくれ』

「わかりました」

『なんぞ、希望の土産があったら、買えそうなやつは買うてくるで？』

「や、急に言われても思いつかないんで、お任せします」

『よっしゃ。ほな、明日な。あんまし喜び過ぎて、腹下すなや』

そんなわけのわからない注意をして、先輩は通話を終えた。

「てっきり仕事に励んでるのかと思ったら、上野動物園でパンダ見てたのかよ～」

スマートフォンをテーブルに置くと同時に、誰もいない家で、そんな声が上がる。

でも、あまりにも予想外だったおかげで、ちょっと興奮が治まってきた。

そうだ、喜んでばかりはいられない。

あんな風に、担当編集の片桐さんが、僕の作品を売ろうと頑張ってくれているのだ。

僕だって、作家としてできることは、余さず全部やろう。

前作よりももっといいものを書いて、まずは片桐さんを喜ばせなくては。

そんな気持ちが、むくむくと湧き上がってくる。

今、この気持ちの昂《たか》ぶりのまま、まずは物語の枠組みを作り始めてしまいたい。

（先輩、明日はお弁当を買って帰ってくれるって言ってたな。ラッキー！）

こうなってみると、先輩が主張中で、明日の夜まで自分のためだけにすべての時間を使えるのが、最高にありがたい。

「よーし、やるぞ〜」

僕は掃除の途中だったことなど綺麗さっぱり忘れて、テーブルについた。

ノートパソコンの電源を入れ、システムが立ち上がるのを待つあいだに、「おやつ箱」を引き寄せ、蓋を開ける。

ちょうどバレンタインデー直後ということもあり、鳩サブレーの缶に入っているのは、チョコレートばかりだ。

二つほどは、僕が読者さんから貰ったもので、他の十種類ほどはすべて、先輩が病院で貰ってきたものだ。

すべて義理チョコだと笑っていたけれど、ゴディバなんかが交じっているので、ずいぶん気合いの入った義理チョコだ。

先輩の勤める病院は、基本的に患者さんから金品を受け取ってはいけないそうだけれど、バレンタインデーのチョコレートくらいは、場合によっては受け取っても黙認されるらしい。

「小学生の患者が小遣いで買ってくれたチョコレートを、規則で受け取られへんとは言われんやろ。子供から貰うチョコレートは、純粋な気持ちの塊みたいなもんやからな」

そんなことを言って、先輩は、小学生女子から貰ったらしいガーナチョコレートを、その日のうちにひとりでバリボリ食べきっていた。

なるほど、そういう律儀なところが、先輩がモテる大きな理由なんだろうな……と実感したものだ。

おそらく、大人からのチョコレートのいくつかにも「気持ちの塊」が含まれているのでは、と思うものの、そのあたりは個人的な事情なので、立ち入らずにおく。

「設定を考えるときには、脳を滅茶苦茶使うから。まずは燃料補給だよね。どれにしようかな」

箱の中身を眺め回した僕は、真っ黒で平たい、やけにシックな箱を取り出した。

蓋のど真ん中に、金の箔押《はくお》しで「帝国《ていこく》ホテル」と書かれている。

「わあ、有名なホテルじゃん。チョコなんか作ってるんだ？」

蓋を開けてみると、七センチほどのスティック状の包みが八本、ズラリと並んでいる。

金色の包み紙の上から、半分は黒、半分は黄土色の紙を巻き付けてあり、そこにも「帝国ホテル」の文字とエンブレムが印刷されていた。

「何だか美味しそう。お裾分け、いただきます、先輩！」

黒と黄土色を一本ずつ取りだした僕は、まず黒いほうを食べてみることにした。

色合いから予想したとおり、包みの中から姿を現したのは、黒々としたダークチョコレートだった。

齧ってみると、中には何も入っていない。

驚くほど滑らかで、口溶けのいい、とてもキリッとした味のチョコレートだ。

僕は、コーヒーやチョコレートに関しては、酸味が強いものがどうにも苦手なのだが、このチョコレートは、心地のいい穏やかな苦みが最後まで残り、酸味をほとんど感じない。

物凄く、僕好みだ。

「好みだけど、きっとお高いんだろうな。ほいほい買える値段じゃなさそう」

そう思いつつもペロリと平らげてしまい、次に黄土色のほうにも手を伸ばす。

金色の包み紙を開いた瞬間、僕は「わあ」と声を上げた。

今度は、まったく予想外のチョコレートが現れたのだ。

てっきり、黒がダークチョコレートなら、黄土色はミルクチョコレートだろうと高を括《くく》っていたのに、入っていたのは、本物の大理石と見紛うばかりの、美しいマーブル模様のチョコレートだった。

ホワイトチョコレートとダークチョコレートを合わせて、軽く、慎重に交ぜるのだろうか。きっぱり色が分かれている部分と、淡く混ざり合った部分があって、その繊細なグラデーションが見事としか言いようがない。

こういうときこそ、「食べるのが勿体ない」と言うべきなのかもしれないが、僕は躊躇いなく食べる。チョコレートは、やはり見てくれより味だ。

これも、尖ったところのない、いかにもホテルらしいきっちりした味のチョコレートだ。ホワイトチョコレートが交じっているおかげで、ダークチョコレートだけのスティックより甘さが濃厚で、さらに優しい味がする。

これも美味しい。美味しいけれど、やはり、ダークチョコレートの味があまりにも好みのタイプすぎて、どちらかを選べと言われたら、断然「黒」だ。

少し躊躇ったものの、僕はもう一本ダークチョコレートのスティックを取り出してから、箱を缶の中に戻した。

チョコレートは、すっかり準備ができたノートパソコンの横に置く。

「二時間仕事をしたら、ご褒美にあと一本、食べていいことにしよう」

自分で自分の鼻先に人参をぶら下げて、僕は競走馬よろしく、猛然と次作のプロットを練り始めた……。

そして、翌日。

「帰ったで……て、玄関暗いな！」

そんな遠峯先輩の声で、僕はハッと我に返った。

昨日からずっと、僕は次作のプロット作りに没頭していた。色々とパソコンに打ち込んだり、調べものをしたりして、腹が減ったらお菓子をつまみ、眠くなったらソファーで少し横になり……まるで東京に住んでいた頃のような自堕落作家ライフを、久々に満喫していたのだ。

あまりにも一生懸命だったせいで、部屋の中が暗くなっているのにも気付かなかった。

ノートパソコンの画面の右下を見ると、時刻は既に午後六時を過ぎている。暗くもなるはずだ。

「お帰りなさい！　あと、ごめんなさい。電気を点けるの忘れてました！」

「そやろな」

そんなあっさりした返事と共に、玄関、そしてリビングにパッと灯りが点く。蛍光灯の光に照らされて立っているのは、言うまでもなく遠峯先輩だ。

「どないしたんや？　大丈夫か？」

僕も急いで、ダイニングの照明を点けた。いつもは何とも思わない明るさが、疲れた目に染みて涙が出る。

「大丈夫です。色々忘れてただけなんで」

「いやそれ、ほんまに大丈夫なんか？」

「大丈夫ですよ。仕事が楽しすぎて没頭しちゃってたんです」

「そらよかった」

笑いながら、先輩は提げていた大きな紙袋を二つ、テーブルの上に置き、トレンチコートを脱いだ。

「色々買うてきたで」

「おー、お土産！　やった！」

「まずは、着替えてくるわ。腹減ったし、もう晩飯の弁当食うてしまおか？」

「はい。じゃあ、ささっとお味噌汁だけ用意しますね」

「おう」

先輩が部屋へ向かったので、僕は大急ぎで小鍋に水を入れ、出汁パックを放り込んで火にかけた。こういうときは、出汁パックが本当に便利だ。

それから、冷蔵庫から塩蔵ワカメを出してよく洗い、たっぷりの水に浸して戻し、タマネギを半玉、薄くスライスしてそのまま鍋に放り込む。

あとは、出汁が沸いたら、最近僕たちが凝っている麦味噌を溶き入れ、ワカメを投入して、火を止めればたちまち味噌汁の完成だ。

ちょうど先輩がスウェットの上下に着替えて戻ってきたので、僕はビールを出し、味噌汁を大ぶりの木の椀に注いだ。

「おー、ミラクルな速さで味噌汁が出来とんな」

感心したようにそう言いながら、先輩は紙袋を開け、中から細長い容器を二つ、取り出した。

「東京駅のグランスタで買うてきた。浅草今半《あさくさいまはん》の、『すき焼重』や」

「おー！　ゴージャス！」

「作りたてを買うてきたから、まだわずかに温かい気がすんな。食べようや」

「はいっ」

僕たちはさっそく食卓についた。まずは、互いのグラスにビールを注いで、乾杯する。

「上野動物園とか出張とか、お疲れ様でした」

「留守番やら仕事やら、お疲れさんでした」

互いに言い合ってグラスを合わせ、一口飲んで喉を潤してから、すぐに弁当の蓋を開ける。

「ガチのすき焼重だ！」

我ながら貧弱な語彙だと思うけれど、もうそうとしか言いようがない。

細長い容器は二つに区切られており、狭いほうには、すき焼きにおける野菜……つまり、白葱としめじ、紅葉型に抜かれた人参、それからゆで卵が半分、いずれもすき焼きの割り下に煮込まれた状態で入っている。

広いほうには、一面に白いご飯が詰められ、その上に薄く切って、やはり割り下で煮た豆腐が二きれ、それから、つやつやに煮上がった薄切りの肉が敷き詰められている。

全体的に茶色い中、肉の上に散らしたグリーンピースの緑と、添えられた紅ショウガの赤が、とても色鮮やかだ。

「味と心のお弁当、創業明治二十八年、浅草今半……か。すっごい老舗ですね」

箸袋に印刷された文字を読み上げると、先輩はしたり顔で頷いた。

「俺は、すき焼きは関西の砂糖と醬油がええけど、弁当に限っていえば、ここのすき焼重がベストや。不思議と、冷めても肉が脂っこうならん。老舗の技なんやろな」

「へえ。……じゃあ、ありがたくいただきます！」

「よろしゅうおあがり」

先輩が、古式ゆかしき挨拶を返してくれたので、僕は早速、欲望に忠実に肉とご飯を頰張った。

先輩の言うとおり、牛肉が実に柔らかで美味しい。冷めた牛肉の、あの脂がベタベタと舌に粘りつく感じが微塵《みじん》も感じられないのが、言われてみれば不思議だ。

ちょっと甘めの割り下も、僕にはちょうどいい。

「美味しい。あ、葱は割とシャキッとしてますね。でも、味はしっかり染みてる。卵も旨いなあ……」

もりもり食べる僕を、先輩は面白そうに見た。

「欠食児童みたいに食いよるな。また、ろくな飯食うてへんかったんやろ」

僕は照れ笑いで正直に肯定した。

「つい。でも、先輩がもらった美味しいバレンタインチョコに支えられましたよ」

「アホか、ちゃんと飯を食え、飯を。せやけど、弁当を気に入ってもらえてよかった。これが、俺のイチオシやねん」

「マジで美味しいです。二つくらいいけそう」

僕がそう言うと、先輩は人参をパクリと頬張った後、悪戯っぽく笑った。

「弁当は、腹七分目に留めとけ。デザートがあるんや」

「デザート！」

「まあ、まずは弁当を堪能しようや」

「勿論です」

ひとりでいたときは、特に「食事」を欲していなかったのに、今はこんなに弁当が美味しい。不思議なものだと思いながら、僕はついに肉を食べ尽くし、最後に取っておいたゆで卵を、満を持して口に放り込んだ……。

「じゃーん」

そんな自前の効果音と共に先輩が紙袋から取り出した「デザート」は、半透明の白いカップに入った、あんみつだった。

カップには、「みはし」と店名が平仮名で書いてある。

「これも老舗なんですか?」

「そや。上野の名店やねん」

簡略に説明しながら、先輩は寒天の上に、赤エンドウ豆、求肥《ぎゅうひ》、缶みかんにたっぷりのこしあんを載せて、黒蜜をタラリと回しかける。僕も見よう見まねで、カップの中にあんみつを完成させた。

まずは、寒天とこしあんを味わってみる。

寒天はシャリッとした歯触りで、こしあんはねっとりと細やかだ。黒蜜がからんで、とても甘い。甘いけれど、しつこくはない。

甘い黒蜜に、甘いこしあんを合わせているのに、少しもくどくないのは不思議だ。

さすが先輩、弁当に続いて、甘味の選択もパーフェクトじゃないか。

「これも美味しいなあ。求肥、やわやわだ」

感動する僕の前に、先輩はさらに紙袋からお土産を取り出し、並べた。

「これは、香炉庵《こうろあん》の『東京鈴もなか』。求肥入りの鈴の形のもなかやねん。旨い。そんで、こっちは日本橋錦豊琳《にほんばしにしきほうりん》のかりんとう。まあ、鉄板やな。それから、ちょっと並んで買えたから、『PRESS BUTTER SAND』と……」

「先輩。見てるだけで口の中が甘くなってきました。あんみつどころじゃなく」

「俺もちょっとやりすぎたとは思うけど、まあ、いっぺんに食わんでええんやし。あと、これをお前に」

そう言って最後に先輩が紙袋から取り出し、僕に差し出したのは、最高に不気味可愛い品だった。

両の手のひらに余裕で載る小さなぬいぐるみで、ベースカラーはピンク、そして部分的に淡い灰色の模様が入っている。

短い脚が四本、愛想程度の小さな耳が一対……これはもしや。

「……パンダ？　でも、パンダは白黒ですよね？　これ、なんでピンクなんだろう」

僕が不思議そうに、見た目よりズッシリしたぬいぐるみをひねくり回していると、先輩は厳かに言った。

「ほんとの大きさ、パンダの仔、２８４g」

「……はい？」

「つまり、シャンシャンの生後十日目のサイズとルックスがこれや」

GIFTs FROM
TOKYO STATION
PRESS BUTTER SAND

「へえ！　えっ、パンダって小さいときピンク色なんですか？　黒いところも、まだぼやんぼやんじゃないですか」

「そういうもんらしいで。発売後しばらくは、なかなか買われへんくらい人気の品やったらしい。どや、可愛いやろ」

「可愛い……かなぁ？」

「可愛いて。わざわざ買うてきてんから、もっと喜べや」

「わ、わーい。……ありがとうございます。なんか、ちょっと愛着湧いてきたかも」

「ほんまかいな」

　苦笑いしつつ、先輩は空っぽになった紙袋をガサガサと畳み、再びあんみつにスプーンを突っ込んだ。それから、実にさりげなくこんなことを言う。

「せやけど、おかしなもんやな。上野動物園にひとりで行くんは平気やったけど、パンダを見たあと、お前がおったらなあと思った」

「えっ？」

　まだぬいぐるみを触っていた僕は、ちょっと驚いて顔を上げた。

　先輩は、何とも言えない照れ臭そうな顔で笑っている。

「いや、勿論、俺がやりたいことは俺ひとりで完結するんやけどな。ここでいくらパンダが可愛かったて力説しても、お前的には『そうですか』程度でしかないやろ」

「そりゃそうですね」

「そやけど、一緒に見とったら、違うのになあて。可愛かったとか、意外と臼うないとか、人が凄いとか、待ち時間のわりに見られる時間が短くて驚くとか、色々言い合えることがあんのに、残念やなあと思うてしもた」

　僕も笑って同意した。

「僕も、電話で聞いたときはびっくりしたし、あとで、ちょっと見たかったなって思いましたよ。パンダ、大昔に白浜《しらはま》で見たきりなので」

「あと、コツメカワウソがびっくりするくらい可愛いてな。あれもお前と共有したかったなあ。メシ食うとことか、最高やったで」

「へえ。羨ましいなあ。あっ、でも僕のほうも、先輩がいてくれたらなって思いましたよ、昨日」

　先輩は、意外そうに目をパチパチさせる。

「そうなんか？　ああ、そやった。小説のマンガ化、おめでとうさん」

「ありがとうございます。あの報《しら》せを貰ったとき、思わず先輩にＬＩＮＥと電話をしちゃいましたけど、それでも正直、物足りなかったです。目の前にいる先輩に、話したかったなあ」

「今、ここにおるやないか」

「僕がちょっと落ちついちゃいましたもん。最初の興奮を百パー伝えたかった！」

「……同じやな」

「同じこと思ってましたね、昨日の僕たち」

僕と先輩は顔を見合わせ、ふふっと笑った。

学生時代の先輩後輩というのは、何だか不思議なものだ。

上司と部下の関係とはちょっと違うだろうし、友達とも、恋人とも、家族とも違う。

気がねがなくて、仲がよくて、お互いのことがよくわかっていて、でもちょっとの上下関係が生み出すそれぞれの立場からの気遣いがあって。

先輩との関係は、他の誰とのものとも違う気がする。

今は、僕にとっては先輩が、何でもいちばん素直に話せる相手だ。

その先輩が、上野動物園の真ん中で、僕が一緒にいたらと思ってくれた事実が、何となくじんわりと嬉しい。

「先輩、マンガ化、実現したら、一緒に見てくださいね」

「おう、勿論、そのつもりや」

「で、次のときは、僕も一緒に上野動物園、連れてってください。東京に住んでた頃はとうとう行かずじまいだったんで、先輩と一緒にパンダ見たいです。それまでは、このキモカワイイぬいぐるみで我慢しますから」

改めて言うと照れてしまいそうなので、流れのままにさりげなさを装ってそう言ってみたら、先輩は何とも言えない微妙な顔で何か言いかけてやめ、唇を引き結び……それから顰めっ面になって、「キモカワイイっちゅうことはないやろ?」と、僕の手の中のぬいぐるみを覗き込んだ……。

三月

「遠峯先生、学生さんがいらしてるんですけど、対応お願いしてもいいですか？」

医局秘書に呼ばれ、自分の席で昼食を摂っていた俺は、齧りかけのパンを持ったまま、少し離れたところに立っている、白衣姿の女性秘書を見た。

「なんで俺が？」

「他にどなたもいらっしゃらないからです」

いつもクールな秘書は、まったく無駄のない冷ややかな返事をすると、教室の入り口近くにある自分の席にスタスタ戻っていってしまう。

なるほど、言われてみれば、医局に同僚の姿はなかった。

今日は新患が多くて、午前の外来が長引いた。午後二時を過ぎてから昼休みに入ったせいで、他の人たちと仕事のサイクルがずれてしまったようだ。

確かに、こんな時刻に昼飯を食べているのは、今日は俺くらいのものだろう。

俺はやむなく立ち上がると、口の中のものを缶コーヒーで飲み下し、椅子の背に引っかけてあった白衣に袖を通した。

今日から三月とはいえ、廊下に出ると軽く身震いするほど肌寒い。

そして、扉のすぐ外側に、ぼんやりした顔の男子学生が二人、居心地悪そうに突っ立っていた。

「あっ、遠峯先生」

俺の姿を見るなり、二人は緊張した顔でもさりと頭を下げた。

二人の顔には見覚えがある。講義室で見かけたので、おそらく四年生だろう。

彼らは揃って見るからに寝不足の、腫れぼったい目元をしていた。その顔を見れば、用向きは火を見るより明らかだ。

「俺には何も言われへんぞ」

すると二人の顔に、焦りと絶望の表情が浮かんだ。まったく、大袈裟な奴等だ。

「そんな殺生な！　見捨てんといてくださいよ、先生」

「何か教えてください。ヤマとか、いっそ問題そのものとか。もう、問題用紙出来てるんでしょう?」

二人は口々に、俺にせがんでくる。

彼らが知りたがっているのは、明日行われる予定の、眼科の期末再試験についての情報だ。

一般的な大学の学部であれば、選択科目というものが存在し、ある程度、学びの質と量をニーズに合わせて調節できるし、必要とされる取得単位数を満たしてさえいれば、進級が認められる。

ところが医学部においては、「学ばなくていいこと」は一切存在しない。

すべての科目が必修であり、ひとつでも単位を落とせば、即、留年となる。なかなかに厳しいシステムだが、人の命を預かる職業に就く以上、やむを得ないことだ。

目の前に立つ二人は、眼科の期末試験に合格できなかった。つまり、留年にリーチがかかった状態だ。再試験をパスできなければ、他の科目の成績がどうあれ、同じ学年で足踏みしてもらうことになる。

ただでさえ卒業までに六年かかる医学部にさらに長く通い、いたずらに青春時代を浪費するのは嫌だろうし、もっと現実的な問題として、国公立ならまだしも、私学の医大における授業料はかなりの額になる。

自分たちの懐は痛まないだろうが、両親が多大な負担を強いられるわけで、留年を大らかに受け入れてくれる保護者はまずいない。

そんなわけで、再試組の学生たちが、必死で出題傾向を知りたがるのは、仕方のないことなのだ。

「そう言われても、知らんて」

だが、俺は冷淡に言い放った。学生ふたりは、なおも食い下がる。

「嘘や！　部の先輩が、眼科の試験は遠峯先生が作りはるから、聞きに行ったら試験のヤマを教えてくれはるって聞きました」

「去年も一昨年《おととし》も、教えてくれたて聞いてます。今年も意地悪せんと、教えてください。それとも、誰か女子を連れてこんとあかんのですか？」

必死過ぎる懇願からのろくでもない失言に、俺は我ながら険しい面持ちになる。

「あのなあ。それは、俺にも女子学生にも失礼な言い草やろ。俺は性別によって学生への態度を変えたりはせんし、女子学生は、教員から試験問題を聞き出すための道具やない。今の発言だけで、医者になる資格はありませんて宣言したようなもんやで」

すると、「女子学生がいないと答えないのか」という主旨の発言をした学生は、真っ青になって謝ってきた。

「すいません！　今のは言葉の綾《あや》で……反省するんで、ほんまに何かちょっとでいいんで教えて貰えませんか？　僕、今んとこ落ちたん眼科だけなんですよ」

てっきり他の科も再試験にかかっているのかと思ったら、マイナー科目の眼科だけを落とすとは……と、俺は思わず驚きを顔に出してしまう。

「なんで、他のもんに合格して、眼科だけ落とすなんちゅう器用なことができんねん。もっと大変な科目がいくらもあったやろに」

「それが、眼科の本試の前夜に、うっかり疲れ果てて寝落ちして……気ぃついたら朝で、手遅れでした」

「ああ……なるほど」

「僕もです！　眼科の前の日ぃが血液内科で、ホンマに大変で」

二人は口々に、眼科の勉強がおぼつかなかった理由を切々と訴える。午前の疲れも手伝って、俺は次第にイライラしてきた。

「言うても、前もって勉強しとったら、問題なかったはずやな。一夜漬け前提やったんが、君らの敗因やな？」

苛立《いらだ》ちが手伝って、つい辛辣に指摘すると、二人とも、さっきまでの馴れ馴れしさはどこへやら、身体を小さくしてしょんぼり項垂れた。

まったく。あまりにも言動が子供じみていて、心底ゲンナリする。

確かに彼らはまだ学生だが、一般社会では、同じ年齢の人たちが既に立派な社会人として働いているのだ。

こんなことで小学生のようにしょげ返っていては、この先が思いやられる。

俺は、渋い顔で小言を言った。

「俺に再試のヤマをほいほい教えてもらえると思い込んどったんも、ずいぶん舐めた話やわな？　そのヤマ聞き出して、またしても無精して一夜漬けで対処するつもりやったんやろ？　本試のときにそれで失敗したのに、なんで同じことを繰り返すんや？　進級がかかっとる自覚がないん違うか？」

二人の学生の頭が、さらに俯く。そんな風に、まったく綺麗な形ではないつむじを揃えて向けられても、俺は嬉しくもなんともない。

「すいません」

「ホンマすいません」

彼らの進級など、俺にとってはどうでもいい話なので、口々に謝られる筋合いも、こちらにはない。謝る相手は、うちの教授と、自分たちの親であるべきだ。

しかし、これではまるで、俺が強い立場を利用して、学生たちを苛《いじ》めているようではないか。事実、外来から戻ってきた同僚の竹中《たけなか》先生が、ニヤニヤしながら「あんまし苛めんなや」などと囁き、肩を叩いて医局に入っていったりした。

実に不本意だ。

やむなく、俺は多少口調を和らげてこう言った。

「ホンマに、今年は無理なんや。去年までは、俺が教授に仰せつかって、いやいや問題を作成しとったんやけどな」

「えっ。まさか、今年は違うんですか？」

縋《すが》るような目で、学生たちは顔を上げ、俺を見る。

俺は、肩を竦めて答えた。

「今年は、准教授が問題を作ってはる。俺やないねん。そやから、どんだけ頼まれても、問題をバラすんもヤマを教えるんも無理や」

「……ああ……」

「嘘やろ。出題傾向、全然違うってことやん。道理で、本試のとき、過去問が役に立たへんかったはずや」

「うう、終わった。俺らの今年、終わったわ」

二人の口から、絶望の声が漏れる。今にも、床に這《は》いつくばり、いわゆる〝orz〟のポーズになりそうな哀れな有様だ。

俺は深い溜め息をつき、小声で早口に言った。

「黄色……」

「えっ？」

「黄色いところがあれこれなるやつとか、あれが白くなるやつとか、視野がアレするやつとか、あったかもしれへんな」

「ええっ⁉」

学生たちは、急に色めきたつ。血走った目に、たちまち光が戻った。

「俺は、問題を作ってはるとこを、チラッと覗いただけやけどな。子供にできるあの腫瘍やら、眼位異常やら……そのへんが、チラッと見えた気がすんな」

「試験は、マルチプルチョイスですかっ!?」

「そう言うたら、機械で採点できるて言うてたな～」

「マルチョイや！」

「症例問題は国試のここ数年分の過去問準拠にしたろて言うてたような気もするな～」

「おおおお」

学生たちの瞳に希望の光が宿ったところで、俺は真顔に戻って最後に釘を刺した。

「さすがに、それ以上のことは言えん。あと、貰《もろ》うた情報は隠すなよ。ちゃんと再試組全員で共有せえ。ええな？　誰かが仲間はずれにされたりしとるんがわかったら、全員、問答無用で落とすぞ」

「わ、わかりました！　あの、遠峯先生、ありがとうございました！」

「ありがとうございました！」

二人は玩具のように勢いよく頭を下げると、バタバタと廊下を走り去った。

「大丈夫かいな、あれで」

俺は思わず、こめかみを押さえた。

無論、自分とて、模範的な学生だった記憶は微塵もない。面白くない講義のときは、出席票だけ受け取ると早々に講義室から抜け出し、アルバイトに行ったり、映画を見に出かけたりしていた。

そのほうが、よほど有意義だと考えていたからだ。

基本的に、大学の講師陣は、多忙な仕事の合間に学生への講義を担当している。下準備が十分にできないことも多々あって、そういうときは、まさにグダグダの講義になることも珍しくない。

いくら専門分野でも、人に教えるとなると、話は別なのだ。相手の知識レベル、理解力に合わせて、どんな話をどんな風にするか、きちんとシミュレーションしないと、いい講義はできない。

それに気付いていないドクターが、当時の俺の母校にはあまりにも多すぎた。

(そうや。別に俺が不真面目やったわけやない。サボった科目の勉強は、ちゃんと自力でやった。あいつらとは違う)

そんな言い訳を胸の内でこねくり回しながら、俺は医局に戻った。

すると、さっき帰ってきた竹中先生が、自席で俺をちょいちょいと手招きしている。決して悪い人ではないのだが、とにかく話し好きなので、いったん捕まると、休み時間をまるまる潰されることもたびたびだ。

とはいえ、目が合ってしまった以上、十歳も上の先輩を無視するわけにはいかない。俺は渋々、彼の席へ歩み寄った。

「遠峯先生、ここにも叱責の声が届いてたでぇ。真面目君はきっついなあ」

いきなり冷やかされて、俺はゲッソリした気持ちになった。

だが、それを顔に出してはいけないのが、医学部の上下関係というものだ。それでも口調がいささかぶっきらぼうになってしまうのは、もうどうしようもない。

「叱責ていうほど叱ってません。だいたいあいつら、親の金で来とるから、留年したら、どんだけの金が無駄になるかを実感できてへんのですよ。それなりにクヨクヨはしとるようですけど、真剣みが全然足りん。そんだけの金額を稼ぐんが、どんだけ大変か」

「学生時代にバイトでもしとったら、そのへんも少しはわかるやろにな」

竹中先生は、腕組みしてうーんと唸った。

眼科医の仕事にはどう考えても過剰な力こぶが、隆々と二の腕に盛り上がる。

昨年の夏、家族旅行で沖縄に行ったとき、年頃の娘たちにビーチで「お父さん、全身ブヨブヨ。キモイ」と実にクリティカルな一撃を食らい、以来、休日はジムに通って筋トレに明け暮れているそうだ。

最近では、ダイエットを通り越してマッチョな身体作りに勤《いそ》しんでいるのか、どんどん筋肉質になっていき、今や白衣の胸がはち切れそうだ。

「せやけどまあ、子供っちゅうんは、偉そうなこと言うわりに甘っちょろい生き物やで、遠峯先生。先生は独身やから、わからんやろけど」

「……そういうもんですかね」

「そういうもんや。娘三人おってみ？　親父なんか、ある時点からボロカス言われて叩かれるサンドバッグ兼財布や。舐められ放題、罵られ放題やぞ」

「悲惨やないですか」

「悲惨やで〜。男はいったん家に帰ったら、四人の敵がおるんや」

「奥さんとお嬢さんたちですか……。まあ、強く生きてください」

独身男としては、そのくらいの励ましを口にするのがやっとだ。竹中先生は、太い眉尻をぐっと下げ、情けない笑顔を浮かべつつ、机の上に置いてあった小さな紙袋を俺に差し出した。

「けどまあ、うちの女性連は、俺と違ってよう気がつくから、そこは助かる。っちゅうわけで、これを遠峯先生に」

「はい？」

咄嗟にわけがわからず戸惑っていると、竹中先生は、強引に俺の手に紙袋を持たせ、椅子に座ったまま、急に居住まいを正した。

「こないだの週末、家族で伊勢《いせ》に旅行してな。そのときに、上の娘がこれを買うて、遠峯先生に渡してくれて言うねん」

「はあ。しかしまた、どうして？」

やむなく紙袋を手に提げたまま問いかけると、竹中先生は、つくづくと俺の顔を見上げ、妙に眩しそうな目つきをした。

「君は律儀な男やなあ。娘が勝手に時効やって判断しよったらしゅうて、旅行中にさらっと告白されたで？　俺が学会出張中に、いちばん上の娘が君の世話になったんやってなあ」

「……あー！」

俺は、思わず手を打った。

そうだった。

去年の六月、俺は外来の診察室で、竹中先生のお嬢さんと奥さんに会ったことがあるのだった。

スリムで垢抜《あかぬ》けた綺麗な奥さんと、生意気盛りを絵に描いたような、それでも父親似の愛嬌《あいきょう》のある顔立ちの女の子だった。

竹中先生には内緒にするとお嬢さんと約束したから、うっかり話してしまわないように記憶から抹消しようと努力していたら、本気で忘れていた。

竹中先生のいちばん上のお嬢さんは中学三年生で、おそらくお洒落《しゃれ》に熱中する年頃なのだろう。クラスメートと小遣いを出し合い、海外の粗悪なカラーコンタクトレンズを、よりにもよって安売りサイトで購入したらしい。

昼休みに学校のトイレでそれを装着したお嬢さんは、ほどなく涙が止まらなくなり、強い目の痛みを訴えて保健室に駆け込んだ。

学校から連絡を受けて駆けつけた竹中先生の奥さんは、夫不在ではあるが、いちばん安心して受診できる夫の職場へ、ボロボロ涙をこぼし続ける娘を連れてきたというわけだった。

もう外来の診察時間は終わっていたが、たまたま、他科のドクターを診察する約束があて、診察室に下りてきていた俺が、お嬢さんの治療を担当することになった。

使用時間がごく短かったので、コンタクトレンズから有害な色素が滲み出て、眼球や結膜を傷めるようなことがなかったのは、不幸中の幸いだった。

単純に、彼女の眼球表面にまったくフィットしないコンタクトレンズを無理矢理装着したせいで、繊細で敏感な角膜が傷つき、激しい痛みをもたらしたのだ。

きちんと処置をして、最後に眼軟膏《なんこう》を入れてやることで、痛みはかなり軽減したようだった。

それでようやく落ち着きを取り戻した彼女は、さっそく母親に向かって、「パパには黙ってて。絶対怒られるから」と、頼み込んだ。

「さあ、どうかしら。ママが黙っていても、遠峯先生はどうなさるかしらねえ」

東京出身の奥さんは、ちょっと気取った口ぶりでそう言って、チラと俺を見た。酷い責任転嫁だ。

「先生、パパに告げ口せんといて。お願い。もう、絶対悪いカラコンは使わへんから」

お嬢さんも、必死の面持ちで訴えてくる。

別に、竹中家の人間関係にヒビを入れたいわけではないし、そもそも他人の家庭の事情に関わり合いになりたくもない。

俺は実に無感情に、「患者の守秘義務は守ります」と答えたし、以来、忘れていたとはいえ、彼女との約束を厳守してきたことになる。

「なるほど、口止め料の後払いっちゅうわけですか」

ようやく事情が飲み込めた俺がそう言うと、竹中先生はニヤッと笑って、俺の腕をちょんとつついた。

「そういうこっちゃ。貰ってやってくれや。ホンマは、娘が世話になった礼を、俺からも上積みせんとあかんのやけど」

「ああ、いえ。そういうのは結構です。ほら、患者さんからの金品は受け取ったらあかんルールですし。これはまあ、竹中先生の顔を立てて頂戴するということで」

俺が紙袋を持ち上げてみせると、竹中先生はニッと笑った。

「そやな。ほな、言葉だけ。遅ればせながら、娘が世話になって、ありがとうさん。親父としてはいささか面白うはないけど、娘との約束を守ってくれたことも、礼を言わんなんな。要らん迷惑をかけてすまんかった」

「……どういたしまして。では」

ちょうどいい区切りなので、俺は軽く頭を下げ、少し離れた自分の席に戻った。

幸い、竹中先生も、俺の貴重な昼休みを自分との会話で使い潰すつもりはないらしく、引き留められることはなかった。

（とはいえ、もう三時じゃないか。参ったな）

おやつの時間だと思うと、モサモサしたドライなパンを再びかじる気にはあまりなれず、俺は、もらったばかりの紙袋を開けてみた。

中には、手のひらに載るほどの大きさの樹脂製の袋が一つ、入っている。引っ張り出してみると、予想より軽い。

薄茶色の袋には、微妙に可愛い張り子っぽい虎の絵と、その虎を意匠にしたカステラ菓子の写真がプリントされており、「虎虎焼」と力強い字体で書いてある。

「虎虎」と書いて、「ことら」と読ませるらしい。なるほど。

つまりこれは、日本全国津々浦々に存在する、人形焼き一族のメンバーというわけだ。

（おやつの時間やし、ありがたく摘ましてもらおか）

机の引き出しから鋏を出して、袋の口を半分ほど切ってみると、中からフワッとハチミツの甘い香りがした。

袋の中には、思ったより小さい、おそらく三、四センチ長くらいの、虎形のカステラがぎっしり詰まっている。パッケージの写真と違って、押し合いへし合いのせいか、どれも若干変形してるので、よく見ると顔がうっすら怖い。

しかし、総じていい焼き色だし、甘い匂いも食欲をそそる。

ひとつ摘まんで口に放り込むと、予想したとおりの素朴極まりない味がした。

（旨い。牛乳が欲しゅうなる味やな）

そんなことを思いながら、思わず「虎虎焼」とノートパソコンで検索してみると、消費税は別とはいえ、いわゆるワンコインの価格帯だ。

なるほど、中学生が秘密厳守の謝礼に寄越《よこ》してくるには、妥当な品だろう。

少し安心して、俺は二つ目の小さな虎を頬張った。わりにしっとりしているので、口の中の水分を根こそぎ奪われるような感覚はない。

もぐもぐと咀嚼しながら、俺は、自席でたまったデスクワークを片付けているらしき竹中先生をチラと見た。

（初めて、先生の父親の顔を見たな。悲惨やら敵やら言うとったけど、お嬢さんの話をするときは、可愛いてしゃーない顔してはった）

俺はこれまで家庭を持ちたいと熱望したことはないし、親になる予定もないが、竹中先生を見ていると、父親業というのは、色々と理不尽だったり大変だったりするとしても、それなりに幸せなものなのだろう。

そういえば、俺の両親も、傍から見ているとまったく気が合わないし、趣味も違っていたが、それでもいざというときには、驚くほどのチームワークを見せていた。

夫婦、親子というのは、なんとも不思議なものだ。

何となくしみじみした気持ちで、俺は口の中の虎虎焼を飲み下し、さすがに甘くない飲み物を欲して、席を立った……。


その夜、俺は芦屋大丸でお気に入りの米八のおこわ弁当を買い、帰宅した。

実は昨日から、白石が出版社のパーティに出席するため上京していて不在なのだ。

俺は白石と違って自炊能力が高くないので、無駄な努力はせず、夕食をあっさり外で仕入れることにしたのである。

ところが。

自宅の前まで来ると、玄関に煌々《こうこう》と灯りがついている。

(点けっぱなしで家を出た……なんてことはないよな)

すわ空き巣かと、全身に緊張が走る。

しかし、よく考えてみると、こんなに堂々と点灯して盗みを働く空き巣がいるのだろうか。見れば、リビングからも光が漏れているではないか。

(よほどうっかりした盗《ぬす》っ人《と》か、あるいは……)

俺は、いつでも逃げられるように微妙な足の開き方で身構え、できるだけ音を立てないように鍵を開けた。

それから、そろそろと重い玄関扉を開けていく。

だが、その緊張感溢《あふ》れるアクションは、途中で徒労に終わった。

スタスタとリビングルームから出てきたのは、いつものジャージを着込んだ白石だったのだ。

「あ、先輩、お帰りなさい」

とぼけた顔で、これまたいつものように挨拶してくる白石の顔を、俺は呆然として見上げた。

「な……なんでお前、ここにおんねん。確かパーティは昨日の夜やったんやろ？」

「ですよ？」

「で、今日はせっかくやから東京をあちこち観光して、明日の夕方に帰るて言うてへんかったか？」

するとと白石は、何故かとてもはにかんだ笑みを浮かべて、もじもじしながらこう言った。

「そのつもりだったんですけど」

「何ぞあったんか？」

「いえ、特に。ただ、もう嫌になっちゃって」

「何がや？」

俺は白石に背を向けて上がり框《がまち》に腰を下ろし、革靴を脱ぎながら訊ねた。背後から、白石の声が聞こえる。

「東京が。あんなに人が多かったですかね。僕、もう電車に乗ったり街を歩いたりするだけでくたびれちゃって。もう観光はいいやって思って、チェックアウトギリギリまで寝て、そのまま今日の宿泊をキャンセルして帰ってきちゃいました」

「キャンセル料、当日やったら百パーセントやったやろ。えらい思いきったな」

呆れ半分、驚き半分でそう言うと、白石は恥ずかしそうに頷いた。

「ちょっと、いやだいぶ勿体なかったですけど、とにかく芦屋に帰ってきたくて。あと、もう一つ理由があって、その……」

「何や?」

「あ、いえ、先輩に話したいことがあるんですけど、玄関で喋ることもないですよね」

「それもそうやな。……晩飯は?」

「一応、用意しましたけど」

「ほな、弁当はオプションっちゅうことで、二人でつつこか。着替えてくるわ」

そう言うと、俺は弁当が入った袋を白石に渡し、大急ぎで自室へ向かった。

「で? 俺に話したいことってなんや?」

思いがけず、白石と予定より一日早い夕餉《ゆうげ》の席に着いた俺は、二つの茶碗に五目おこわを盛り分けながら訊ねた。

すると白石は、テーブルの隅っこに置いてあった白いレジ袋に包まれた箱を、両手で捧《ささ》げ持つようにして、俺に差し出した。

「これ、先輩に」

昼間の竹中先生に続いて、今度は白石が、俺に何かをくれるらしい。

「今日は、ものを貰ってばっかしの日やな。東京土産か？　ホテルのキャンセル料も結構かかったやろに、俺に気ぃ遣わんでも……」

とりあえず箱を受け取った俺は苦笑してしまったが、白石は俺の話を遮り、咳き込むような早口でこう言った。

「そうじゃないんです。これは、僕の両親から、先輩に」

「……え？」

俺は、ポカンとしてしまった。白石は、静かな興奮を実年齢より幼く見える顔じゅうに漂わせ、妙にあらたまった様子でこう言った。

「先輩が、正月に実家へ行けって言ってくれたでしょう？」

「おう。一応、家に上げてもろて、お母さんとちょっと話した言うとったよな？」

白石はコックリと頷く。

「母とは、わりと普通に話せたんです。現状報告もできたし。だけど、父は僕の顔を見るなり、一言も喋らないまま奥の部屋へ行ってしまって、それっきりでした。まあ、元気そうな顔を見られただけでもよかったかなって思ってたんですけど、昨日、スマフォの留守電に、父からメッセージが入ってたんです。『いっぺん家に寄れ』って」

俺はやっと、白石が一泊分の宿泊料を棒に振ってまで、今日、帰ってきた理由を理解して、頬を緩めた。

「そら、飛んで帰って来るわな」

白石も、笑顔で頷く。

「でしょ？　何の用事かはわかんなかったので、凄く不安だったし怖かったですけど、とにかく父のほうから連絡してきてくれたのが嬉しくて、新幹線を新大阪で降りて、その足で実家へ行きました」

「……で？　親父さんの用事て、何やったんや？　まさか、正式に縁を切られたとか、そういうヤバい方向性ではないやろな？」

「では、ないです。そんなことになってたら、僕、こんなにニコニコしてませんよ」

「それもそうか。ほな……？」

白石は、とても大切そうに一言ずつ嚙みしめて答える。

「連絡を入れて実家に帰ったら、両親が待ってました。父は、仕事を早上がりしてくれたみたいです。……で、父が『サインしろ』って、いきなり出してきたのは、僕の本でした」

「おっ。それは、お前が実家に送ったたっちゅうやつか？　初めて重版がかかった本とか言うてたやつやろ？」

「それが、違ったんですよ。父が出してきたのは、僕のデビュー作だったんです。出たことすら教えていなかったし、とっくに絶版になっちゃったやつです」

白石は、早くもうっすら涙ぐんで微笑《ほほえ》んだ。

「小説家なんてヤクザな仕事はやめろって、あんなに大反対してた癖に、うちの父、僕のデビュー作を母にも内緒で買って、読んでくれてたらしいです。デビュー作だけじゃなくて、それから後に出した本も全部」

「……そうやったんか」

なんだか白石の喜びがジワジワ染みてきて、俺まで目頭が微妙に熱くなってくる。白石は、ティッシュで涙を拭きながら話を続けた。

「正月に僕の顔をチラッと見て、僕がちゃんと頑張ってるって、父は感じてくれたみたい。それで……まあ、なんていうか、親子の関係を再開してもいいかなって、やっと思ってくれたのかな。でも、父にもやっぱり意地があるから、すぐには言い出せなかったみたいですね」

「なるほどなあ」

「先輩にも、いつかきちんとご挨拶したいって言ってました。で、これを預かってきたわけです。母には年明けに先輩の話をしましたし、甘党だってことも言ってあったんで、父が先輩のために買ってきたらしいです」

「そないなことはいちいち言わんでもよかったんやで。……何をくれはったんやろ」

俺は、レジ袋の中から細長い紙箱を取り出し、あっと声を上げた。

黄土色の、風変わりな植物っぽい模様が描かれた紙箱の蓋には、大きな茶色いシールが貼り付けられ、そこには黒々とした筆文字で、「大阪名代のきんつば　出入橋《でいりばし》きんつば屋」と書き付けられている。

俺はつい、わかりやすく声を弾ませてしまった。

「これは！　いっぺん食うてみたいと思いつつ、さすがに買いにはいけんかったやつや」

先に中身を見たりはしなかったようで、白石も興味津々で身を乗り出してくる。

「マジですか？　これ、父方の祖父の大好物だったんです。店の近くに住んでたもんで、よく散歩がてら買いに行ってたらしいんですよ」

「それで、お父さんにとってもお馴染みの味っちゅうわけか」

俺は、そっと蓋を開けてみた。

「おお……」

思わず、感嘆の声が出る。

箱の中には、昔懐かしい経木が敷かれ、その上に、よくあるきんつばより一回り小振りなきんつばが、立てた状態で十個、実に無造作に詰め込まれている。

俺は、ゴクリと生唾を呑んだ。

「今から晩飯っちゅうタイミングやけど、一個だけ食うてもええか？」

白石は、笑って即答してくれた。

「どうぞどうぞ。一つと言わず、二つでも三つでも」

「いや、とりあえず一つ。ほな、いただきます」

俺は端っこから一つ、きんつばを手に取った。大口を開ければ一口で入ってしまいそうなきんつばを、半分ほど齧ってみる。

ごく軽く焼き色のついた白っぽい皮はあくまでも薄く、柔らかい。焼きたてなら少しくらいパリッとしているのかもしれないが、今はもっちりした食感になっている。

皮の下には、寒天で軽く固め、四角く切り分けられたつぶあんがぎっしり詰まっているのだが、これが驚くほどあっさりしている。

寒天のおかげで歯切れが良く、甘みは上品で淡く、小豆本来の味が強く感じられた。これは確かに、二つ三つくらい、ペロリと食べられてしまいそうだ。

「旨い」

俺のシンプル極まりない感想に、白石はホッとした様子でニッコリした。

「よかった！　父に、先輩が喜んでくれたって伝えておきます」

「ようお礼を言うといてくれ。お世辞抜きで、ほんまに旨い」

俺は我慢できず、二つ目のきんつばに手を伸ばしてそう言った。

そして、心の中で、白石の父親は、本当は心根の優しい、気配りの行き届いた人なのだろうなと思う。

誰かに菓子を贈るとき、全国的に有名な店の、見栄えのいい高価な品を選ぶ人よりは、俺は、自分が食べて最高に旨いと思うものを、作られたその日のうちに大急ぎで届けようとする人に好感を抱く。

まさに今、俺の目の前にあるきんつばのことであり、白石の父親のことでもある。

「ありがたいな、親っちゅうんは」

昼間の竹中先生の一件と相まって、白石が親子関係を修復することができたことを知って、俺もとても嬉しい。

だが、二つ目のきんつばを食べ終わる頃、俺はふと気付いてしまった。

白石が、実家との交流を再開したということは、つまり、この家にわざわざ住まなくてもいいということではなかろうか。

白石としても、ここで家事に追われるよりも、実家で上げ膳据え膳生活のほうが、ずっと執筆に打ち込めるのでは……。

そんな風に考えていると、白石はテーブルの上の料理ごしに、俺の顔を下から透かし見た。

きっと、俺の表情から、俺の懸念は伝わってしまったのだろう。白石は明るい口調で言った。

「でも先輩、僕、『帰ろう』って思うとき、思い浮かべるのはいつもこの家だし、その日にあったことを、真っ先に話したいのも先輩なんです。だから……」

実家に帰れなんて言わないでくださいよ、と二人しかいないのに小さな声で囁くように言って、白石はへへっと笑った。

言われた俺も、照れ臭くてへへへ笑いを返すより他ない。

今年もまた、桜の季節がやってくる。

白石と暮らし始めてもうすぐまる二年、早くも二度目の桜だ。

俺はいつの間にか、「お前、いつまでおるんや？」と訊ねるのをやめた。

白石が、ここにいるのが当たり前になっていたからだ。

そういえばさっき、白石は芦屋に「帰ってくる」と言っていた。

こいつにとっても、ここにいるのがもう当たり前なのだろう。

最高に恥ずかしい言い方をすれば、ここはもう「俺たちの家」なのだ。

高校の部活で先輩後輩の縁を軽く結んだだけだったのに、それは今や、大きな団子結びだ。家族ではないが、お互い、家族より近い場所にいる。

なんだか不思議な感動に包まれて、俺は興奮状態のまま、いつか笑い話として言おうと思っていたことを、つい声に出してしまっていた。

「先月の東京出張なあ」

「はい？」

俺が箱を差し出したものだから、白石まで飯の前にきんつばを齧りながら、首を傾げてくる。

俺は極力さりげなく、打ち明けた。

「あれな、俺の大学時代のサークルの先輩に呼ばれて行ったんや。先輩が、東京に医療ビルを建ててな。その披露パーティに招かれとった」

「医療ビル？　何ですか、それ。名前が怖い」

「クリニックや薬局が入ることを前提にしたビルや。色んな診療科目が一つのビルの中に集まっとったら、患者さんも来やすいやろ？　ハシゴもしやすいし」

白石は、きんつばを懐かしそうな顔でもぐもぐしながら頷く。彼にとっても、出入橋きんつば屋のきんつばは、父親同様、祖父の懐かしい味なのだろう。

「あー！　なるほど。それは便利。でも、それが何か？」

「俺はただの祝いのつもりで行ったんやけど、パーティの席上で、先輩に誘われたんや。まだ眼科が入ってへんねんけど、お前、開業どうや？　って」

それを聞くや否や、白石の顔が真っ青になる。妙なところで察しのいい奴だ。

「せ、先輩！　まさか、東京で開業しちゃうんですか!?　えっ、お引っ越し!?」

両手をテーブルについて腰を浮かせ掛けた白石を視線で制して、俺はサラリと答えた。

「ホンマはこの一ヶ月、そういう未来もあるなあ、て思うてた。一から個人で開業は面倒臭いけど、医療ビルやったら、オーナーの先輩があれこれ事務的なことはサポートしてくれはるて言うし、現実的ではあるわな」

「じゃあ、この家、どうするんですかっ？」

「お前に管理を頼んで、俺はいっちょ東京で開業してみるかな、とか、まあそういうことも、こっそり考えとったんやけど……」

「えええええ!?」

「なんや、何度想像しても、無理やったわ。俺が東京で開業して、お洒落な高層マンションにひとり暮らししとるんも無理やったし、お前がこの家で、このテーブルで、ひとりでノートパソコンのキーボードを叩いとるんも無理やった」

「………」

白石は、散歩を飼い主に拒否された犬並みの恨めしげな上目遣いで、黙りこくって俺を見ている。

「怒るなや。無理やってんて」

俺は、最高に恥ずかしいのをぐっとこらえて、正直に「脳内シミュレーションの結果」を簡潔に報告した。

「俺がただいまーて入って行くそのタワーマンションの一室は、何度想像しても倒れるような汚部屋やし、この家にひとり残ったお前は、ろくに飯も食わんと原稿を書き続けて、寝不足と栄養失調でのたれ死ぬし」

「……否定できない。どっちもありそう」

「そやろ。特別にここでお前と何がしたいっちゅうわけやないけど、さっき、帰ってきて、思いがけずお前がおったときな、俺……」

その先に言うべき言葉を探して、俺の視線はテーブルの上をさまよった。

白石が用意してくれた晩飯のメインは、ハムカツだ。既に、この家で、あり合わせの定番メニューになっている。

そのハムカツの隣に、丸くて小さなものがひとつ、コロンと添えてある。

夕食にフライを作るたび、白石は食材に衣をつけたあとに残ったパン粉、溶き卵、小麦粉をすべて小さなボウルに混ぜ合わせ、そこにバターと砂糖を適当に入れて器用に丸め、小さなドーナツを二つ、締め括りに揚げるのだ。

ほんのり甘くて柔らかい、箸休めとデザートの中間にいるような可愛らしいドーナツを、俺はじっと見下ろした。

　実家では決して見なかったし、店でもまず出てこない、白石オリジナルのそのドーナツが、俺にとってはいつの間にか、フライの日の定番になった。

　食事中のどのタイミングで、外側はきつね色でカリカリ、中はフワッと柔らかなドーナツを口に放り込むか。それを考えるのが、密かな楽しみなのだ。

　これまで一度もしたことはないが、俺は本格的に食事を始めるその前に、ドーナツを指でつまみ上げ、ぽいと口に放り込んだ。

　そして、神妙な顔で俺の話の続きを待っている白石の顔を見て、正直に告げた。

「真っ暗でがらーんとしとるはずの家に灯りが点いとって、玄関に晩飯の匂いがして、お前が顔見せたとき、俺、ビックリしつつも、無性に嬉しかったんや。俺にとってもう、この家で、お前に『ただいま』て言うんが、当たり前になってしもた」

「先輩、じゃあ……」

「今年も、花見が楽しみやな。っちゅうか、今年は、ちゃんと行こうな」

　俺がそう言うと、緊張で強張《こわば》っていた白石の顔に、ジワジワと笑みが広がっていく。

「はいっ。今年は後悔しないように、桜の時期までに原稿を仕上げます！　だから」

　いつもの開けっぴろげな笑顔で、白石はこう続けた。

「また、芦屋川を夜桜散歩して、河川敷で桜餅食べましょうね、先輩」

　この約束を、俺たちはこの先、何度繰り返すんだろう。まあ、何度でも、そのたびに口にする返事は同じだ。

「おう」

短く応じて、俺は半分ずつにした五目おこわの茶碗を白石に差し出した……。

いっぺん食うてみてや
遠峯パイセンの
甘党さんいらっしゃーい!!
厳選されし
おすすめおやつの
みなさん!!
うまいもんはもうそれだけでゼロカロリーなんやで!
白石クンのおやつ箱
鳩サブレー
豊島屋
鳩サブレー
にしむら珈琲店
コーヒーモンブラン
ダニエル
Daniel
Daniel
カヌレ

ポッシュ・ドゥ・レーヴ
芦屋
Poche du Rêve
帝国ホテル
出入橋 きんつば屋
スティックチョコレート
和三盆ボーロ
きんつば
有馬温泉名物
SIMPLE!!
炭酸せんべい
どれかひとつは食べたことない？
ロングセラー!!
なつかしアイス
ICECREAM
ホームランバー
チョコバリ
クランチが必ずこぼれる…
ケンカ勃発の予感…
割って分けよう
ソーダアイス
すいかバー
3色アイス
かき氷アイス
メロンボール

男ふたりで12ヶ月おやつ

本書をお買いあげいただき、ありがとうございます。
この作品を読んでのご意見・ご感想をお待ちしております。

■ファンレターの宛先■

〒102-0072　東京都千代田区飯田橋3-3-1
プランタン出版　編集部気付
椹野道流先生係 / ひたき先生係

各作品のご感想をWEBサイトにて募集しております。
プランタン出版WEBサイト http://www.printemps.jp

著者——**椹野道流**（ふしの みちる）
挿絵——**ひたき**
発行——**プランタン出版**
発売——**フランス書院**
〒102-0072　東京都千代田区飯田橋3-3-1
電話（営業）03-5226-5744
（編集）03-5226-5742
印刷——誠宏印刷
製本——若林製本工場

ISBN978-4-8296-8209-8 C0093

P82208

●好評発売中!●